悲しみは憶良に聞け

中西 進

光文社

悲しみは憶良に聞け　中西　進

はじめに――山上憶良の「悲しみ」と「現代性」

「貧乏」をうたった、ただひとりの万葉歌人

日本には八世紀のころにでき上がった和歌集『万葉集』があります。全二十巻、やく四千五百首もの歌をおさめる大歌集で、そのなかに歌をのこすことで後世に名をとどめたすぐれた歌人たちが多くいます。たとえば柿本人麿《かきのもとのひとまろ》、山部赤人《やまべのあかひと》、大伴旅人《おおとものたびと》そして大伴家持《やかもち》などです。

この書物の主人公、山上憶良《やまのうえのおくら》はそのうちのひとりです。

ところが憶良はきわめてユニークな歌人で、ほかの歌人たちと大いに作風がちがいます。ほかの人たちが得意とする恋愛の歌は一首もない。自然や季節の美しさ、変化もよまない。反対に人間の生と死に目を向け、社会を鋭く見つめ、男子としての人生を歌の課題とします。

作風も徹底したリアリズムといってよいでしょう。たとえば、

風雑《まじ》り　雨降る夜《よ》の　雨雑り　雪降る夜《よ》は　術《すべ》もなく　寒くしあれば　……　（『万葉集』巻五・八九二）

山上憶良の「貧窮問答の歌《びんぐもんだふ》」はこのように始まります。「風と雨。そこに雪までまじる。どうしようもなく寒い夜だ……」とうたった「貧窮問答の歌」は全篇貧しい生活にあえぐ姿を描写している、文学史上きわめてユニークな作品です。

「貧乏」などというテーマは憶良以外に万葉歌人のだれひとりとりあげないどころか、近代にいたるまで、のちの歌人もほとんどうたっていません。「貧乏」という主題は、さすがが『源氏物語』には登場しますが、和文系統の物語の中で大きな主題となることはめずらしいことです。

ところが近代の小説になると、いわゆるプロレタリア文学のように「貧乏」は一大テーマとなります。そうした点からも憶良はきわめてめずらしく「現代性」をもった歌人というべきでしょう。これを一例として、この書物では現代の眼から憶良を考えていこうとしました。

「悲しみ」とは「愛しみ」である

また憶良は「かなしみ」という特異なテーマをもつ歌人です。「かなしみ」とは何か。日本語の「かなし」という言葉は、漢字であらわせば「悲」のほかに「愛」という意味もふくまれています。つまり、「悲哀」とはじつは「愛」の感情であるということです。愛していなければ悲哀など感じません。ですから、「どうしてわたしの人生は悲しいのだろう」と思っている人は、じつは深く人生を愛している人なのです。

たとえば、目の前にあるわたしの本がなくなったらどうか。当然、わたしは悲しい。とても大事にしている本だからです。この本を愛しているから、なくなると悲しく感じるのです。

しかし、こういうと「悲しみ」は本なら本に対する愛情のように思えますが、じつは本を大切にしている自分自身に抱《いだ》く「いとしさ」が「悲しみ」なのです。人間に対してもその人への愛というより、人を愛するわがいのちへの「いとしさ」、それが「悲しみ」なのです。

このように「悲しみ」という感情は、もうひとつの「愛《かな》しみ」という感情とイコールになっています。「悲」と「愛」とは一枚の紙のうらおもてのようなものだ、といってもいいでしょう。ですから、人生で「悲しみ」に出会ったときは、ただ悲観するだけでなく「愛」のほうにも思いをはせてほしいと思います。不幸にして親しい人が亡くなったら、ひじょうに深い悲しみを覚えるはずです。そんなときは、「わたしはあの人をこんなにも愛していたのか」と考えることです。あるいは、その人を追憶する。「自分はどうしてあの人を好きだったんだろう」「あの人のどんなところがよかったのだろう」と、亡くなった人をしのんで思い出に浸る。「悲しみ」というのは自分が心に抱いたことへの愛の情動だと思います。

憶良は人一倍、悲哀をうたった歌人だといいました。ですから憶良は、わが身への愛しみをうたった歌人であります。

悲しみは憶良に聞け

このわが身への愛しみ——生命への愛は、じつははげしい自己の意識に裏付けられたものので、まさしく現代的なものです。

現代作家といってもいい山上憶良は、みずからのいのちの尊さに目ざめ、それゆえにさまざまに苦しみを背負いこまざるをえなくなった現代人にとって、なくてはならないいのちの表現者でしょう。わたしたちみずからが抱いたかなしみへの回答が憶良との対話のなかにひそんでいるでしょう。

読者のみなさんの「悲しみ」を憶良に聞いてみてください。

目次

第十章　愛と死の悲しみ

※凡例　歌に付記された（　）の番号は『万葉集』の巻数および番号です。章扉裏の歌は特に記していない限り、山上憶良のものです。また、歌の左に口語訳をそえました。

装丁　長谷川徹
協力　松崎之貞

第一章　歌人・憶良の根源をたどる

韓人《からひと》の衣《ころも》染《そ》むとふ紫の情《こころ》に染《そ》みて思ほゆるかも　（巻四・五六九　麻田陽春《あさだのやす》）

韓の人が衣を染めるという紫のように心にしみて忘れがたいことよ。

憶良は紫草《むらさき》栽培地の蒲生野《がもうの》の近くに住んでいたか。紫草から染料をとる技術を持っていたのは朝鮮半島からの渡来人だった。

朝鮮半島からの渡来人

まず、山上憶良とはどのような人だったのか、ということからはじめます。

憶良は六六〇年（斉明《さいめい》六年）に生まれています。亡くなったのが七三三年（天平《てんぴょう》五年）ですから、数え年で七十四歳まで生きました。当時の人としては長命でした。

この生没年の推定は、七三三年に最晩年の憶良が書いた「沈痾自哀《ちんあじあい》の文」（『万葉集』巻五所収）という文章によります。そのなかに、「この時に年は七十有四にして……」と記されています。そこから逆算すると、六六〇年生まれということがわかるのです。

その生涯についていえば、じつはその前半生は確実なことは何もわかっていません。なぜなら、憶良の名前が初めて文献に登場するのは四十二歳のときだからです。それ以前はどこで何をしていたのか、確定的な文献資料は残っていません。

憶良の四十二歳は七〇一年（大宝《たいほう》元年）です。この年、「无位《むゐ》山於憶良《やまのうへのおくら》を遣唐少録《けんたうせうろく》となす」と、『続日本紀《しょくにほんぎ》』にあります。ここで初めて憶良の名が記録に登場します。「无位」（無位）は位がないこと。「遣唐少録」というのは遣唐使の末席につらなる書記役です。憶良の一行は嵐のため出発が遅れたため、翌年、唐へ渡り、七〇七年（慶雲四年）に帰国しています。帰国後は国家機構の官僚としての道を歩んでいます。いまでいえば、国家公務員です。

じつは憶良について、わたしは渡来人ではないかという意見をもっています。巻末の年表の最初、六六〇年（憶良一歳）のところにも、「憶良、百済《くだら》に生まれる。父憶仁《おくに》」と書きました。

確定的にそう書いたのですが、学会ではまだ疑問をもつ人もいるでしょう。しかし、このことはだんだん通説になりつつあるように思います。というのも先年、アメリカ人の日本学者から「あなたは山上憶良が渡来人だという説を知っているか」と聞かれたことがあるからです。かれは、その説を唱えているのが、このわたしであることは知りませんでしたが、「憶良＝渡来人」説は知っていたのです。学説は提案者の名前が残っているうちは、一学者の一意見にすぎません。それが通説になるのは提案者の名前が忘れられたときですから、わたしの説も通説になりつつあるのだと思って、そのときとてもうれしく思ったことを覚えています。

「憶良」という名前が示すもの

年表の六六三年（天智《てんじ》二年）のところに「百済滅び、父憶仁と日本に渡る」と書きました。その下の「一般事項」のところにあるように、この年、「八月、白村江《はくそんこう》の戦、日本大敗北」という出来事がありました。百済と日本からの援軍が、唐・新羅《しらぎ》連合軍に敗れた有名な戦いです。そんな祖国滅亡の危機のなか、百済から要人たちが大勢、日本に亡命してきます。『日本書紀』には、余自信《よじしん》、木素貴子《もくそきし》、谷那晋首《こくなしんす》、憶礼福留《おくらいふくる》……といった人たちの名があがっています。そのとき、数え年四歳の憶良も父親に連れられて日本に渡ってきたのではないか、というのがわたしの考えです。

その理由の要点だけを述べておきますと、ひとつのポイントは「憶良」というひじょうに変わった名前です。

同時代の百済人の名前を見ていくと、いま名前をあげた憶礼福留という人がいます。また、憶仁という人の名前もあります。憶仁は百済からやってきて、天智天皇の侍医《じい》になった人で、六八六年（朱鳥《あかみとり》元年）に亡くなったという記事が『日本書紀』に載っています。前述しましたように、この憶仁が憶良の父だったのではないかと思います。

憶礼、憶仁、憶良……。「礼」や「仁」や「良」を憶《おも》うというのですから、いずれもみな良い字面《じづら》の名前です。やはり、この人たちはおなじグループとして捉《とら》えるべきではないでしょうか。しかも、憶礼福留も憶仁も百済からの渡来人であるという記録があるのですから、憶良も百済人だろうと考えることは自然だと思います。

さらに日本語ではｒ音とｎ音が交代します。たとえば、「伏見稲荷《いなり》」のように「荷《に》」と書いて「り」とよみます。すると、okrai, okni, okra と日本人は別々によんでいますが、元来はすべて同じ名前だということがわかります。これは祖国の名前の一部を共有したものです。福留も正しい発音では「プル」でしょう。憶礼福留は「オクンプル」だったと思います。

ところが、「中西は何をたわけたことをいっているのだ」と批判されたことがあります。「憶礼福留という人は『憶礼』が名字《みょうじ》で『福留』が名前である。ところが憶良は『山上憶良』だから『憶良』は名前ではないか。名字と名前を混同して両方を渡来人だと決めつけるのはおかしい」と、そういうお叱《しか》りをうけたのです。しかし、名字や名前というのは、国や文化によってまるでちがいます。現代の韓国の人であれば「金」が名字で「大中」が名前です。欧米でもアマデウス・モーツァルトであれば、「モーツァルト」が名字で「アマデウス」が名前です。

そう考えると「憶礼」が名字で「福留」が名前だという結論になりますが、話はけっして単純ではありません。チリやアルゼンチンといったラテン系の人になると、お父さん、お母さんの名前にはじまって、祖父母の名前まで延々とつづく人がいますから、わたしたちの常識はまるで通用しません。一例をあげれば、有名なアルゼンチンの作家ボルヘスの本名はホルヘ・フランシスコ・イシドロ・ルイス・ボルヘス・アセベードです。どれが名字でどれが名前なのか、などと単純にいえません。

百済人は扶余《ふよ》族です。『三国史記』には扶余族の長い旧名も散在します。いまの中国の東北地方に盤踞《ばんきょ》していた一族で、南下して百済という国をつくりました。それにたいして新羅は沿海州沿い、つまり日本海ルートで下りてきた一族です。百済とは種族が全然ちがいます。それゆえ百済と新羅はたいへん仲が悪い。そこで新羅が百済を攻め滅ぼすことになるのですが、百済人である扶余族は元来がモンゴルの人たちですから長い名前をもっています。ボルヘスとおなじで、どこからどこまでが名字で、どこからどこまでが名前かわからない。ただし、しだいに中国化するにつれ、中国人の名前をまねて、「これが名字だ、こちらが名前だ」というふうに形を整えていきます。憶礼福留という人は日本へ来たとき「憶礼」を名字として残したのですが、山上憶良は「憶良」を名前の部分に残したと考えることができます。

こう見てくると、憶良が「オクン」を名の一部とする百済人であった可能性はひじょうに高いというべきです。ちなみに韓国語でオクは玉のことです。プルは火です。いずれも尊い物で一族の誇りをここにこめて、いかに長くとも、継承しつづけてきた部分でしょう。

わたしの説に関してはもうひとつ反論がありました。簡単にいいますと、憶良は「山《やまの》上臣憶良《うえのおみおくら》」といいます。「臣」というのは家柄を示す姓《かばね》ですが、「臣」は純粋の大和人《やまとびと》に与えられた姓である、という意見が歴史家の一人から寄せられたのです。事実、『新撰姓《しんせんしょう》氏録《じろく》』という本には山上臣が春日《かすが》氏の一支族として載っているのですから。そのまま歴史家は信じるのです。

八色《やくさ》の姓《かばね》は天武朝に定められた種別にすぎませんが、その制度にしたがえば、「山上忌《いみ》寸《き》憶良」ではなく「山上臣憶良」ですから渡来人とするのはまちがっているかのように見えます。しかし『日本書紀』をよくよみますと、五八四年（敏達《びだつ》十三年）「秋九月《あきながづき》に、百済より来る鹿深臣《かふかのおみ》……」という記述があります。鹿深というのは現在の滋賀県甲賀市水口《みなくち》町鹿深あたりに住むことになる一族ですが、百済からやってきた鹿深だって「臣」と記されています。『日本書紀』というれっきとした文献に載っている記事なのに、日本史の専門家が、なぜ「『臣』は日本人にかぎられる」というのか。きわめて不可解といわざるをえません。しかも憶良の臣はのちに賜《たまわ》ったものです。

「山上」という名字から居住地を探る

さらに想像をたくましくして、憶良はなぜ「山上《やまのうえ》」などという名字をもらったのだろうかということを考えてみます。

名字というのは往々にして住んでいる場所からつけられる習慣があります。それゆえ「山」とよばれる場所か、実際の山の上か、そのような場所に住んでいたのだろうと考えられます。「上」という字は「ほとり」も意味しますから、山のほとりに住んでいた可能性もあります。そこで「山上」と名乗れということになったのではないか、と。

そう考えてさがしていくと、具体的な候補地がふたつ見つかります。

ひとつは大和です。平城京の東の町はずれに「山村」という場所があります（現・奈良市山村町）。『万葉集』にもでてくる地名で、ここかもしれない。ここは憶良の山上氏が属したと思われる一族（春日一族、粟田《あわた》一族）の本拠地とそれほど遠くはない。

しかし憶良たちを渡来系の人と捉えると、渡来人の憶良が土地を賜って住んだのですから、もうひとつの候補地が浮かび上がってきました。年表の六六三年（天智二年）の「一般事項」に「この年、百済人四〇〇余人、近江国《おうみのくに》に入植」とあります。これは憶良が日本にやってきたと思われる年にあたります。さらに六六九年にも「百済人七〇〇余人、近江《おうみ》蒲生《がもう》郡に入植」とあります。百済から落ちのびてきた大勢の人たちが近江国に移り住んでいるのです。かれらは蒲生野あたりに土地を与えられ、「ここを開墾しなさい」といわれたのではないか。そうであれば、蒲生野近辺が憶良の住んだ場所として考えられます。

蒲生野は紫草《むらさき》を栽培していたことで知られています。朝廷は紫色をもっとも尊重していましたから、その染料を必要としていました。紫草から紫の染料をとる技術をもっていたのは、朝鮮半島からの渡来人でした。

韓人《からひと》の衣《ころも》染《そ》むとふ紫の情《こころ》に染《そ》みて思ほゆるかも　（巻四・五六九）

韓人が衣を染める紫、そのようにあなたのことが心にしみます——とよんだのは、憶仁・憶良と同時に日本に亡命した父をもつ麻田陽春という渡来人です。韓人の技術を生かすために、かれらを大々的に蒲生野に住まわせたのですが、そのまっただなかで歌の贈答をしたのが額田王《ぬかたのおおきみ》と大海人皇子《おおあまのみこ》（のちの天武天皇）です。

あかねさす紫野行き標野《しめの》行き野守《のもり》は見ずや君が袖振《そでふ》る　（巻一・二〇）

「あかね色」と「紫色」をうたいこんで、額田王が大海人皇子を思ってつくった有名な歌です。朝廷が紫草の栽培を命じた官轄の栽園「紫野」は、いまの近江八幡市から八日市市《ようかいち》にかけた一帯の野です。そこでその近辺をさがすと、蒲生野からは南に二十キロほど離れておりますが、先ほどの水口町に「山」という地名があります。このあたりは山上氏が属した粟田一族ともつながりが深いので、憶良は水口町に住んでいたのではないか、というのがわたしの見方です。

謎につつまれた前半生

憶良は渡来人だったと考える別の根拠は、七〇一年すなわち四十二歳の年まで、かれがいったいどういう生活をしていたのか、文献上まったくわからないという事実です。年表の七〇一年（大宝元年）の項に「遣唐少録となる。少初位上《しょうそいのじょう》の官位を授けられる」と書きましたが、それ以前のことはまったくわかっておりません。臣《おみ》という姓《かばね》を与えられるような、れっきとした生まれであれば、もっと早くから文献にその名が載っていてもいいはずなのに、四十二歳まで登場しない。憶良が渡来人であった可能性は、ますます強まります。

当時の官位は、正《しょう》一位から少初位下まで三十階級に分けられていました。憶良が最初に授けられた「小初位上」というのは下から二番目です。その上は「大初位」（以下、それぞれに「上下」あり）で、それから「従《じゅ》八位」「正八位」「従七位」……というふうに上がっていきます。

小初位上を授かる前の憶良は、前述したように「無位」でした。位がない。ただの山上憶良で、姓もありません。ついでに無職だったかもしれません。四十二歳までの憶良の前半生はまったくの謎につつまれています。

これが名門の子弟であれば、二十歳から朝廷に出仕して「五位」からスタートします。そして舎人《とねり》に選抜される。舎人というのは当時の近衛兵《このえへい》のようなものです。

では、四十二歳まで無位だった憶良は何をして生活していたのか。わたしの先輩の渡部和雄さんの説ですが、憶良は写経生《しゃきょうせい》だったのではないかと考えられます。写経生といっても別に学生ではなく、下っ端《したっぱ》の役人。お経を書き写す役人です。

わたしもその意見に賛成です。というのも、これから憶良の歌を見ていくとわかるとおり、ほんとうに学識が豊かだからです。では、どこで勉強したのだろうと考えたとき、写経生として仕事をしていたのではないかという説は、ひじょうに説得力があります。しかも写経生には、やがて史生《ししょう》（国府の書記官）となり、それを歴任してから国司《こくし》になるというコースがあり、憶良も似たような道を歩んでいます。史生になったことはありませんが、写経生と思われる段階から「遣唐少録」になり、そして国司になったのではないでしょうか。

以上のように、憶良の前半生については、

（一）百済からの渡来人・憶仁という人の子どもであった。
（二）四歳のとき日本へやってきた。
（三）近江国の水口町あたりの「山」と呼ばれる土地に住んでいた。

（四）写経生をしていた。
（五）四十二歳のとき遣唐少録となった。
というのがわたしの考えです。

八世紀という「戦後」と出会った運命

七十四年という長い生涯のなかで、憶良はさまざまな時代の変遷に遭遇しますが、最初の大きな区切りは七〇一年（大宝元年）、まさに八世紀を迎える年でした。

七〇一年以降をわたしは「戦後」と呼んでいます。憶良は「戦後」と称すべき時代に出会ったといえます。いや、「出会う」という以上に、みずからもそこに参加して新時代を実現したといったほうがいいでしょう。観客として出会ったのではなく、実践者として新しい時代をつくりあげた。それが憶良の後半生です。

わたしが七〇一年以降の時代を「戦後」と呼ぶ理由はつぎの諸点にあります。

第一の理由は、文武《もんむ》天皇の在位にあります。即位は六九七年（文武元年）の八月ですが、生まれたのは六八三年（天武一二年）。古代王権をめぐるもっとも激しい争いであった壬《じん》申《しん》の乱（六七二年）の後のことです。いわば「戦争を知らない世代」の天皇が登場した。これが大宝以降の時代を「戦後」と名づけたい理由のひとつです。

二番目は、七〇一年がのちの天平時代をになう天皇の生まれた年だということ。天平時代はたいへんな盛時《せいじ》でした。長屋王《ながやのおおきみ》や藤原広嗣《ふじわらのひろつぐ》の事件などが起こり、戦乱に次ぐ戦乱の時代でしたが、その一方では文化や国家がひじょうに栄えた時代です。そのような天平時代をささえた聖武《しょうむ》天皇が生まれたのが七〇一年です。その皇后・光明《こうみょう》皇后が生まれたのも七〇一年。おなじ年に生まれた天皇・皇后がやがて次の新しい時代を築くことになる。その点でも七〇一年は重要な指標《メルクマール》となります。

三番目としては、その翌年の七〇二年（大宝二年）に先の天皇・持統《じとう》女帝が亡くなったこと。この人の孫が先ほどの文武天皇です。持統女帝は上皇として隠然とした力をもって、政治を動かしていましたが、その実力者が亡くなって、いよいよ文武天皇自身の政治がはじまる。それが七〇二年。七〇一年とは一年ずれますが、持統女帝の崩御《ほうぎょ》も新しい時代の出発を象徴しているというのに十分です。

四番目は、七〇一年に遣唐使が再開されたこと。年表に「この年、粟田真人《あわたのまひと》遣唐執節使《しっせつし》となる」とあります。「執節使」というのは節刀《せっとう》をもった使いという意味で、「節刀」は身分を証明する刀、自分は天皇の命《めい》をうけて行くのだという身分を証明する刀ですから、遣唐使の全権代表です。その年に出発した遣唐使は暴風のため一度日本に引き返し、翌年、再度出発して渡唐に成功しています。

この遣唐使派遣は、じつはほぼ四十年ぶりの出来事でした。四十年前の六六三年に白村江の戦があり、日本は大敗を喫しましたから遣唐使の派遣も中断していたのです。日本と中国はその間、没交渉でした。それが七〇一年に遣唐使派遣となったのですから、これも画期的な出来事です。しかも、この中国との国交再開をもとにして天平時代という盛時にいたります。その基礎をつくった遣唐使の派遣ですから、次代に向けてのスタートはやはり七〇一年にあったといえます。

五番目は、七〇一年八月に大宝律令《たいほうりつりょう》が制定されたこと。律令の「律」というのは刑法、「令」というのはその他の法律です。刑法とその他の法律ができあがり、日本はここで律令を基にした国家、すなわち「律令国家」として歩みはじめます。

それ以前にも、天智天皇時代に近江《おうみ》令、天武天皇の時代に浄御原《きよみはら》令がつくられておりますが、しかしこれらはほとんど施行されることがありませんでした。律令として初めて国家運営の基盤になったのは大宝律令です。このあと七一八年（養老二年）に養老律令が制定されますが、万葉時代を通じて人びとの生活の基盤になったのは大宝律令でした。ちなみに、この大宝律令をつくった中心人物が藤原不比等《ふじわらのふひと》。大化改新（六四五年）に力をつくした藤原鎌足の次子で、光明皇后の父です。当時、隠然たる力をもっていた政治家です。

大宝律令には大きな重みがありました。当時の人びとにとって、律令つまり法律がどれぐらいの重みをもっていたかということは現代社会に生きるわれわれにはちょっと実感しにくいと思います。近代社会に生きるわたしたちは、社会に「規則」があるのが当たり前だと思っておりますが、大宝律令ができるまではすべて「慣例」によって動いていましたから、現代とはまったくちがう社会でした。ところが今度はそれが「規則」ずくめの社会になる。これはきわめて大きな変化といわざるをえません。

大宝律令は失われてしまい、現在残っていませんので、その十七年後につくられた養老律令をよんでみます。すると、女性が結婚するときは以下のごとくせよと、戸令《こりよう》に書いてあります。「皆先《ま》づ祖父母《そぶも》、父母《ぶも》、伯叔父姑《はくしゆくぶこ》、兄妹、外祖父母に由《ふ》れよ。次に舅従母《きうじゆも》、従父兄弟に及ぼせ」と。それ以前ですと本人同士が気に入ればすぐ結婚できたのが、律令施行以降は「祖父母、父母」以下、それだけ大勢の人の承認を得なくてはならない。これはたいへんな変化というべきです。

もちろん律令時代になっても、人間の情念的な世界は変わりません。しかし社会生活一般は「規則」にしたがわなくてはならなくなり、商取引に関する細かな決まりもできあがる。当時の人びとにとって大宝律令制定がどれだけ大きな出来事であったか、その一端はおわかりいただけたのではないかと思います。

こうして八世紀の到来と同時に大変革が起こります。われわれはいま第二次世界大戦が終わったあとの時代を「戦後」と呼んでいますが、それに勝るとも劣らないほどの大変動が、八世紀にありました。その変革の嵐のなかで、憶良は四十二歳以降の三十二年間を生きたといえます。

後半生は国際化の新時代

そして六番目――最後の理由になりますが、それはこの大宝年間に漢詩がつくられるようになったことです。奈良時代の終わりごろに完成された『懐風藻《かいふうそう》』には漢詩だけではなく、それぞれの作者の小伝が記されていますが、「戦後」という新しい時代を開いた文武天皇については「わが国で最初の漢詩人である」と記しています。

日本における漢詩の誕生がどんな意味をもっているかというと、漢風文化流行の象徴と見ることができます。律令自体、ご承知のように中国に由来する法制ですし、七二四年（神亀《じんき》元年）になると、聖武天皇による渡来人への賜姓《しせい》や建物の唐風化がおこなわれるようになります。いわば漢風文化の普及とともに国際化の時代を迎えることになる。それが「戦後」の大きな特徴のひとつになっています。

「漢詩」をつくるのは容易ではありません。韻を踏んだり平仄《ひょうそく》を合わせたり、おなじ漢字の使用を避けたり、相当な学識を必要とします。いまでいうと英語やフランス語で即興の詩を書くようなものですから、漢文にたいする習熟、漢風文化についての深い素養がなければなりません。

万葉の時代にあってそうした漢風文化の教育をうけられたのは、都の貴族社会に住む皇太子周辺の人たちです。皇太子を中心とした次の皇子《みこ》、皇女《ひめみこ》たち。そうしたエリートが真っ先に最新の教育をうけました。中国から学者を呼び寄せたり国内の知識人を講師にしたりして律令や漢詩の勉強をした。わたしはかつてそうした文化層を「皇太子文学圏」と名づけましたが、そのようにして皇太子時代から新しい帝王学で育てられた人が天皇になった。それが文武天皇です。

年表の七二一年（養老五年）に「佐為王《さいのおおきみ》ら一五人とともに東宮侍講《とうぐうじこう》となる」とあります。「東宮」というのは皇太子です。ここでは首皇子《おびとのみこ》、のちの聖武天皇です。「侍講」というのは侍《はべ》って講義をする人ですから、憶良も「皇太子文学圏」の一翼をになうメンバーになったのです。ちなみに、佐為王はのちの左大臣・長屋王の弟です。

その意味で、憶良が「戦後」と出会ったということは国際化の新時代に遭遇したといえます。すると、憶良が生粋《きっすい》の大和人なのか、それとも四歳で百済からきた渡来人なのか、このちがいがひじょうに大きな意味をもってきます。渡来人だとすると半ばは外国人です。しかし憶良が日本に渡ってきたのは数え年の四歳で、満でいうと二歳から三歳ですから、百済経験はまずありません。それがどのような意味をもっているのか――。

それは以下の章で検討しますが、ひじょうに興味深い問題です。

わたしは先ほどから「四十二歳」をくりかえしてきましたが、これがどういう年齢なのかということを考えてみてください。当時は、現在の還暦にあたる年齢が四十歳でした。「四十《しじゅう》の賀《が》」といって、『源氏物語』のなかでも光源氏がお祝いをしていることからもわかるように、四十二歳といえばもうお年寄りです。憶良はそんな年齢で新しい時代に出会いました。そしてそれ以降、三十二年間生きた。新しい時代は憶良にとって、「老人」といわれてからの三十二年間でした。あるいは、長生きした憶良の場合、人生のほぼ折り返し点のところで新しい時代と古い時代の節目を経験したということになります。

第二章　在日・帰国子女の悲しみ

人もねのうらぶれ居《を》るに龍田《たつた》山御馬《みま》近づかば忘らしなむか　（巻五・八七七）

人みなが侘《わび》しくお慕いしているのに、龍田山に馬が近づいたら、あなたはわれわれをお忘れになってしまいましょうか。

「人もね」は憶良だけが用いたことばである。憶良は孤独な魂から発する孤独な言語、「孤語」をもっていた。

父・憶仁の不遇と死

今日的《こんにちてき》なことばを使うと、憶良には「在日」とか「帰国子女」といった要素がありました。在日であることと帰国子女であることはちがいますが、このふたつをもって憶良をあらわしたいと思います。

前章でもふれたとおり、憶良は四十二歳まで位も姓もありませんでした。なぜなら、渡来人だったからです。それがかれの「在日の悲しみ」に結びついているように思います。

憶良の父・憶仁は天智天皇の侍医でしたが、大和人の官僚ではありませんでした。渡来人が官僚機構に組み入れられるのは、聖武天皇が即位（七二四年）してからのことです。ただし、憶仁は身に付けた知識や技術によって重用《ちょうよう》されていたと見るべきでしょう。亡くなると『日本書紀』の記事になるくらいですから、かなりの名医だったといえます。

ところが六七一年、天智天皇が亡くなります。

天智天皇の次は、壬申の乱で天智天皇の長男・大友皇子《おおとものみこ》を倒した天武天皇の時代を迎えます。そうなると、天智天皇の朝廷に仕えていた人びとは敵方の廷臣ということになりますから、天武天皇の朝廷で用いられるはずがありません。憶仁も侍医ではなくなります。

その年、四歳で日本へやってきた憶良は十二歳です。

天智天皇が亡くなったあとの憶仁は不遇であったと考えられます。そうして不遇のまま六八六年（朱鳥元年）に亡くなる。時に憶良は二十七歳。生活をささえる基盤がなくなってしまったのですから、かれの周辺には秋風が立ちはじめる——と想像しても大きなまちがいではないでしょう。

ただし、憶仁の死を悼《いた》んで「封戸《ふこ》を百人もらう」という記事が残っています。戸人《へひと》を百人賜った。一種の優遇措置です。

かまどのことを「へっつい」というように、「戸《へ》」というのはかまどをもって数える家の単位です。一軒の家にはかまどはひとつですから、「一戸」は一軒を意味します。昔は家を数えるとき、一軒、二軒……ではなく、一戸《ひとへ》、二戸《ふたへ》といいました。戸人というのは部《べ》民《みん》として、大伴氏なら大伴氏の収入をささえる労働力です。そうした戸人を百人賜ったというのは、憶仁の遺族が百人分相当の収穫高をもらえたことを意味します。

憶良が憶仁の子どもだとすると、父親が亡くなったあとそれだけの収入があったのですから、生活に困窮するというほどではなかったと思われます。とはいえ、遣唐使に選抜される四十二歳までの十数年間、この収入によって生活をまかなったとすると、そんなに豊かな生活だったとは思えません。

これが父・憶仁を通して考えられる憶良の生活の一側面です。

渡来人の立場と暮らし

次は当時の渡来人たちの生活から憶良の暮らしを類推してみたいと思います。渡来人の生き方を通して、憶良がいったいどういう社会的立場に置かれていたのか、どんな生活をしていたのか、ということを考えてみましょう。

白村江の戦を機に大勢の百済人が日本にやってきたのは前述したとおりです。渡来知識人たちは兵法や薬、陰陽道《おんみようどう》や築城術、さらには法律といった分野の専門性を買われて登用されています。医学に通じた憶仁も、そのうちのひとりということができます。憶仁は天皇の侍医でしたからエリートと考えていいでしょう。暮らしぶりは少々よかったかもしれません。

こうした渡来人たちの暮らしぶりがうかがえるような歌もあります。

巻四の五六九番――「韓人の衣染むとふ紫の情に染みて思ほゆるかも」は、前章で見たように韓人たちが大々的に紫草を栽培して染料をつくっていたことを伝えています。

作者の麻田陽春の父親は荅炑春初《とうほんしゅんそ》という渡来人です。父の名前が「春の初め」ですから息子は「春の盛り」で、陽春。もっとも、のちに「麻田」という名字と「連《むらじ》」という姓をもらっていますから、やはり日本人と見分けがつきません。

巻十二の二九七二番には、こうあります。

赤帛《あかきぬ》の純裏《ひつら》の衣長く欲《ほ》りわが思《も》ふ君が見えぬ頃かも　（巻十二・二九七二）

「純裏」とは何かというと、裏も表もおなじ布です。今でいうリバーシブルですが、裏地というのはふつうあまりいい布ではないことが多いのではないでしょうか。ところが裏も表もおなじ布だという。これはなかなかオシャレです。しかも、長いという。こういう衣を着ているのは渡来系の人だと思われます。かれらの技術がなければこういう衣はできませんでした。

もうひとつの例をあげておきましょう。

住吉《すみのえ》の波豆麻《はづま》の君が馬乗衣《うまのりごろも》さひづらふ漢女《あやめ》をすゑて縫へる衣《ころも》ぞ　（巻七・一二七三）

「波豆麻」ということばはどういう意味だかわかりません。朝鮮語ではないかという人がおりますが、わたしもその可能性が高いと思います。その「波豆麻の君」がどんな生活をしているかというと、中国からの渡来人である「漢女《あやめ》」を家に住まわせて、そうして縫わせた乗馬服を着ているといいます。乗馬服は独特の仕立てをしなければなりませんから、いまでいえば高級テーラーで特別仕立てのスーツを縫わせるようなものでしょうか。しかも馬に乗っている。かなり財力にゆとりのある人だと思います。こうした歌からも、渡来人を単に奴隷や貧しい農民として受け入れたのではないことがわかります。

もちろん、東国《とうごく》にたくさんの人を入植させて、荒蕪地《こうぶち》を開墾させています。渡来人は焼き畑農法の技術をもっていましたから、雑草や雑木を焼いて、その灰肥料で田畑を豊饒にしていきました。また、高麗《こま》氏などは渡来系の金の採掘技術をもっていましたから、だんだん東国で勢力をのばしていく。畿内《きない》では、いま見たように紫に染める技術、のちに赤染《あかぞめ》衛門《えもん》という有名な歌人も出た赤染氏の、赤帛の純裏をつくる技術、乗馬服を仕立てる技術、そういう技術をもった人として入植している。渡来系の人たちが「技術をもった人」として存在を認められていたことがわかります。

憶良もそういうなかで暮らしていたのであろうと見ることができます。

孤独の魂が生んだ「孤語」

今度はすこし視点をかえて、歌の面から憶良が渡来人であることを確認してみましょう。

憶良はふしぎなことばづかいをしています。

（一）たらちし

うち日さす　宮へ上《のぼ》ると　たらちしや　母が手離《はな》れ　……（巻五・八八六）

たらちしの母が目見ずて鬱《おほほ》しく何方《いづち》向きてか吾《あ》が別るらむ（巻五・八八七）

「たらちしや」ということばが「母」につづいていますけれども、ふつうは「たらちね」といいます。憶良の歌ではそれが全部「たらちし」となっています。『万葉集』で「たらちし」ということばが使われているのは、もう一首「竹取の翁の歌」と呼ばれる作品にあるだけです。

緑子《みどりご》の　若子《わくご》が身には　たらちし　母に懐《むだ》かえ　……（巻十六・三七九一）

作者はだれだかわかりませんが、この歌で使われていることばづかいはきわめて特殊で、しかもそれは憶良にとてもよく似ている。そこでわたしは、この歌には憶良の手が入っているのではないかと考えています。

（二）人もね

人もねのうらぶれ居《を》るに龍田《たつた》山御馬《みま》近づかば忘らしなむか　（巻五・八七七）

冒頭の「人もね」ということばは「人、みな」といった意味のようです。

これは、大宰府の長官（大宰帥《だざいのそち》）から大納言《だいなごん》に昇進した大伴旅人が憶良らを九州に残して一足先に都へ戻るとき、送別の宴会でよんだ歌です。――人がみな侘《わび》しくお慕いしているのに、馬が龍田山に近づいたら、あなたはわれわれのことをお忘れになってしまうのでしょうか、という意味ですが、この「人もね」ということばもほかの万葉歌人は使っていません。「みな」ということばを「もね」として使ったのでしょうか。憶良は「も」の発音にあてる漢字で他の人とちがう傾向を示します。大宰府でつくった歌ですから九州の方言ではないかとも考えてみましたが、どうもそうではない。憶良独特のことばづかいであると考えるべきです。

その次も旅人を送る宴席の歌です。

（三）とのし

言ひつつも後こそ知らめとのしくもさぶしけめやも君坐《いま》さずして　（巻五・八七八）

いまは別れるので「寂しい寂しい」といっていますが、ほんとうの寂しさはあなたがお帰りになったあとに湧いてくることでしょう――という歌です。ここにある「とのし」という形容詞も憶良しか使っていません。「まったく」とか「すべて」という意味で、のちに「との曇り」などと使われる「との」で、「たな曇り」「たな知る」などの「たな」も仲間のようですが、「とのし」は他に使われません。

こんなふうに、憶良という人はどうもことばづかいがおかしい。渡来人のせいでしょうか、ひじょうに風変わりな日本語をしゃべっていたように思えます。

憶良のふしぎなことばづかいについては、じつはわたしがいま初めて指摘していることではありません。国文学界の重鎮・高木市之助先生がすでに、憶良は独特のことばを使うといって「孤語」という評言《ひょうげん》をつくっています。高木先生のいう「孤語」というのは、単に憶良は風変わりなことばを使うというような軽い意味ではありません。もっと深く「孤独な言語」と理解すべきです。もうすこしいえば、孤独な魂から発する孤独な言語――それが高木先生のいいたかった「孤語」の核心です。

高木先生は憶良の孤独、その悲しさといったものを見抜いていたように思います。

引き裂かれた祖国観

憶良には「帰国子女の悲しみ」といったものも感じます。

帰国子女は外国で特別な教育をうけていますから、自国に戻ってくるとまた特別な教育をうけなければなりません。そこで、国際化が進む昨今、しばしば問題にされます。憶良の場合は渡来人ですから厳密な意味では帰国子女とはいえませんが、しかし四歳で日本に渡ってきたかれは、今日の帰国子女と似たような不便さ、不調和を感じつづけたのではないでしょうか。

ここで、なぜわたしが今日的なタームを使って憶良を考えるのか、ということにひとことふれておきます。ひとつには、つねに古典的な手法によって考えることに飽き足らないからです。もうひとつ、憶良についてはこれまで何度も論じてきましたので、おなじ方法だとおなじ光景しか見えてこないという理由もあります。そこで、まったくちがった角度から新しい切り口で憶良を捉え直してみたいと思うのです。「帰国子女の悲しみ」という視点もそうした補助線のひとつです。

祖国と外国に足場をもつ帰国子女には「引き裂かれた祖国観」といったものを感じますが、憶良が四歳のときに祖国をあとにして日本にきたとすれば、かれもまた複雑な祖国観をもっていたにちがいありません。

わたしは比較文学という学問にも多少たずさわってきました。比較文学は二か国以上の文学を比較・検討する学問ですが、その学会の会長をつとめたとき、わたしがよくスピーチに使ったのは「ふたつの椅子に腰かけようとすると、あいだに落ちてしまう」ということばでした。したがって、どちらか一方の椅子にすわるようにしなくてはいけない。比較文学の場合も、自分の依拠する国（日本なら日本）を決め、それを基軸にしてもう一方の国（アメリカならアメリカ）の文学と比較する姿勢をもたなければいけない、という話をしました。これは学問だけの話にかぎりません。一般的な認識もおなじことです。やはりどこかに軸足を置き、そのうえで知見を広め人格を豊かにしていく。そうでないと、人生はなかなか深まりません。

その意味で、憶良はもしかしたら「椅子のあいだに落ちた人生」を送った人かもしれないと思います。いいかえると、かれは日本にも百済にも祖国観をもてなかったのではないか、あるいは双方を祖国と感じていたため、どっちつかずの状態になってしまったのではないか、と感じられるのです。そうこうするうちに、谷間に落ちてしまった人ではないか、と。

そうした観点から、以前、「風土のない詩人」という文章を書いたことがあります。そこでは、ヨネ・ノグチという外国に憧《あこが》れた詩人を引き合いにだしました。アメリカに憧れたかれは、念願の渡米をはたすと現地の女性と結婚して子どもをもうけます。その子が彫刻家のイサム・ノグチですが、ヨネ・ノグチには結局、日米いずれにも祖国観をもてなかったという悲しみがありました。ところが息子のイサム・ノグチになると、日本に強烈な憧れをもつようになります。父子ともにどこか屈折した祖国観が見られますが、憶良にもなにかそれと似たところが感じられるのです。

三つの「げん風景」

では、祖国とは何でしょうか。あるいは、ふるさととは――。

「漂泊者の歌」（『氷島《ひょうとう》』所収）という詩を書いた詩人・萩原朔太郎は自分をつねに漂泊者と感じながら、ふるさとを求めつづけました。しかしそれが求められないために、「いづこに家郷はあらざるべし／汝の家郷は有らざるべし！」といって苦しみました。「ふるさとは遠きにありて思ふもの／そして悲しくうたふもの」とうたった室生犀星《むろうさいせい》もそうしたひとりかもしれません。

詩人たちがなぜそれほどにも「ふるさと」をうたうのかというと、それは、人間が「原点」を必要とする存在だからだと思います。じっさい、わたしたちは「ふるさと」を感じさせる光景に出会うと、ああ懐かしいな、とつぶやきます。たとえば夕日の照るなかに柿の実がなってカラスが鳴いていると、とても懐かしく感じます。たとえそれが経験したことでなかろうとも、子どものころからそんな情景を絵本で見たり話に聞いたりしてきたから、懐かしいと感じるのでしょう。日本人の「原風景」としてインプットされているから、われわれの感性のもっと深いところで心の琴線《きんせん》にふれるのだと思います。

人にはかならず幻のように思い描く風景があります。それを仮に「幻風景」と名づければ、人はいつも「幻風景」を求めながら生きています。同時にそれは人間の原点となる風景だから「原風景」でもある。いつもそうしたものを「幻の風景」として思い描いて生きている。しかし実際に目の前にあるのは現在の風景すなわち「現風景」である。みな「げん風景」となる幻風景、原風景、現風景、そのトライアングルのなかにわたしたちは生きているのではないかと思います。

そうした三つの「げん風景」に注目してみると——憶良の歌にはどうもそうした風景が稀薄《きはく》である。自然がほとんどでてこない。それが「風土のない歌人」という論文のモチーフでした。

憶良の歌は流麗ではありません。ぎくしゃくしている。また、ほかの万葉歌人とはずいぶん異質な歌をつくっています。自然をよまないで人間社会のことばかり述べている。

帰国子女ないし渡来人としては、憶良はめずらしいぐらいに歌がよめた人ですが、根っからの歌上手とは思われていなかったのではないかという気がします。

第三章　都会人の悲しみ

天《あま》ざかる鄙《ひな》に五年《いつとせ》住《すま》ひつつ都の風俗《てぶり》忘らえにけり　（巻五・八八〇）

天路も遠い田舎に五年も住みつづけて、都の風習も自然に忘れてしまった。

憶良は自然そのものについて、決定的に歌をよまなかった。風景というものをもたなかったからである。

ルーツをもたない都会人

渡来人であった憶良は根っからの都市生活者でした。日本のどこにもルーツがなかったせいでしょうか。

そんな憶良と対照的なのが、仲のよかった大伴旅人です。「大伴の御津《みつ》」とうたわれる、現在の大阪にある「津」（港という意味）は昔から「御津」（官港）でした。そのあたり一帯を支配していた豪族が大伴氏です。旅人自身は大阪（難波《なにわ》）とは関係はありませんでしたが、一族のルーツはそこにありました。そのような人ですから旅人は、亡くなる直前にもう一度ふるさと（飛鳥《あすか》）を見たい、とうたっています（五八ページ参照）。秋のお祭りを思い浮かべながらつくった歌ですが、その秋を待たずに亡くなりました。それくらい農村を背負っていました。

旅人の異母妹・坂上郎女《さかのうえのいらつめ》も農耕をするために「庄《たどころ》」へでかけています（巻八・一五九二〜一五九三など参照）。奈良朝の貴族は実際に農耕もしていたのです。

しかし憶良はちがいます。もう完全に都会人です。かぎりなく土のにおいから遠い人でした。泥まみれ、などということはまず考えられません。本章ではそんな憶良を「都会人」と呼んでみました。

そういうと、「都会」ないし「都市」といったイメージと『万葉集』が結びつくかどうかという問題がでてきます。「市民」ということばはどうでしょうか。数十年前はおよそ結びつきませんでした。

四十年ぐらい前でしょうか、わたしは論文に「市民・憶良」「都会人・憶良」ということばを使ったことがあります。すると、当時の先生から「中西君、『万葉集』に市民なんていう概念があるものか」と、いたく叱られました。当時は『万葉集』に「市民」とか「都会性」などという概念をもちこむことにたいして、きわめて違和感があったのです。ところが最近は、わたしより十歳ぐらい下の世代の人たちがしきりに「『万葉集』と郊外」などということをいいはじめています。「郊外」というからには「都市」がなければいけないのですから、今度はわたしのほうがびっくりする番です。でも、いまではそのグループの人たちが『万葉集』研究の次代のリーダーになっています。「市民なんてあるものか」と叱られたときを考えると今昔の感があります。

『万葉集』に見る都市生活

都市生活者という視点を導入しますと、いろんなものが見えてきます。

ことばづかいがいいかどうかわかりませんが、いまでいう第一次産業（農業など）から離れていきます。みな、給与生活者になる。その給料は何によって支払われたかというと、稲です。稲を何束、というかたちで計算しました。江戸時代も「三百石取り」とか「一万石の大身《たいしん》」といういい方をしていました。給料はお米で計算をしていましたが、この時代は稲でした。しかし稲をもらって、それを精米して食べるだけでは生活できません。時には柿も食べたいし、魚も食べたい。すると、どこかで稲を交換しなければいけない。当然、（交換）価値の基準が必要になってきます。稲ひと束はいくらに相当するという約束事です。それが確立されてはじめて、一定量の稲を魚なら魚、筆なら筆と交換することができるようになります。

そうした価値換算から一種の類型化が生まれてきます。『万葉集』には類型的な歌がたくさんあります。わたしは「類型化」という観点から『万葉集』を分析してみようと考えたことがあります。

たとえば、万葉集には「ヤド」（屋戸）ということばがたくさんでてくることに気づき、数えてみたら「ヤド」をよんだ歌は百二十首ありました。「ヤド」とは家屋を主体とした住居をさします。万葉の時代、庶民たちは竪穴《たてあな》式住居に暮らしていました。「貧窮問答の歌」に「直土《ひたつち》に　藁《わら》解き敷きて」とありますが、それは「ヤド」とはいいません。「ヤド」は家屋が建っていることが絶対条件です。床があって壁のある家。それが建っている場所全体を「ヤド」といったのです。いわば、歌のなかで「屋戸」をよんだ家持のように自分の住まいをつくったのは、そこを自分のテリトリーとした人たちだけでした。

都会に家を建て、垣根をめぐらせ庭をつくり、そこで生活する場を「わがヤド」と呼んだのです。これはどう考えても農村と地つづきにある生活ではありません。都では農村とは一線を画した生活が営まれるようになっていました。そう考えたから、わたしは「都市」ということばを使ったのです。

貨幣経済の発達と都市生活の誕生は密接に結びついています。そこから類型化も生まれます。そこでわたしは、それをさらに文学の問題にまで拡大してみようと考えたのです。

日本で最初の市民文学

ちょっと脇道にそれますが、大事なことなのでお話ししておきます。

ふつう、市民の発生と小説というジャンルの誕生はパラレルだと考えられています。小説の前は何であったかというと物語です。では、物語と小説はどうちがうか。ひとつの目安は、主人公が市民であるか否か、という点です。光源氏は市民ではありません。だから物語の主人公になります。ところが小説の主人公は貴族や皇帝や大臣ではありません。名もなき人びと(市民)です。物語と小説ではまるで設定がちがいます。その意味で、市民の発生と小説の誕生は一致しているといわれるのです。

日本での市民文学の発生は、明治時代の坪内逍遙《しょうよう》以降だと見られています。それをもうすこしさかのぼらせて、いち早く市民を主人公にしたのは井原西鶴だという意見もあります。西鶴は十七世紀の人ですから、そうすると、二世紀ぐらいさかのぼることになります。

わたしはそれをもっとさかのぼらせたいのです。万葉時代にも市井《しせい》の人すなわち市民がいたと考えるからです。じっさい、そういう人たちがたくさんの歌をつくっています。いやむしろ、そういう人びとの歌が『万葉集』の基盤になっています。そのうえに人麿や憶良や家持といったエリートの歌人が何人かいた、と考えるのが正しいのではないでしょうか。

じじつ、『万葉集』の半数を占めているのは作者不明の歌です。『万葉集』は庶民の作品で埋まっています。東国の人もいるし、巻十六にでてくるような地方の人もたくさんいますが、圧倒的多数は奈良の都に住んでいた庶民たちです。そういう人びとの歌をコアにして『万葉集』ができあがっている。これが『万葉集』のいちばん基本的な見取図になります。

「都の風俗《てぶり》」のなかにいた人

『万葉集』が基本的にもっている都会性をいちばん濃厚にもっている代表的な歌人はだれかというと、山上憶良です。生活自体がまったく都会的です。先ほどのいい方を使うと、ひじょうに類型化された価値のなかに住んでいました。

わたしは憶良と家持を比較した『万葉歌人の愛そして悲劇』（ＮＨＫライブラリー）という本を書きましたが、そこでも指摘したように、家持は人間の個別的な感情をうたうことに秀《ひい》でていました。それにたいして憶良は、人間の普遍をうたった歌人です。人間普遍の真理のようなものをうたおうとしたというのも、一種の類型化といえます。

それを具体的に考えてみましょう。巻五の八八〇番からはじまる「敢《あ》へて私の懐《おもひ》を布《の》べたる歌三首」。大宰帥であった旅人が憶良らをあとに残して一足先に都に戻るとき、送別の宴会で公式によんだ歌（巻五・八七六〜八七九）のあとに添えられた歌です。

天《あま》ざかる鄙《ひな》に五年《いつとせ》住《すま》ひつつ都の風俗《てぶり》忘らえにけり　（巻五・八八〇）

「都の風俗《てぶり》」とは、都会ふうの習慣といった意味です。田舎に五年も住まいつづけたので都ではどういうふうにしていたのか忘れてしまったというのですが、ここで憶良は鮮やかに「鄙」と「都」を対比させています。長いあいだ都を離れているからどうしたいのかというのが、一首飛んで八八二番――「わたしを都へ呼び寄せてください」という歌です。憶良はそれぐらい都に憧れていました。なぜかというと、終始、都の風俗のなかにいた人だからです。

「都のなかにいた」というのと「都の風俗のなかにいた」というのはちょっとちがいます。後者は「習慣」「しきたり」「生活の仕方」に関する問題ですから、これも類型的な捉え方の一種なのです。例をあげれば、お正月にお雑煮を食べるのは具体的な行為ですが、お正月の行事自体は抽象化された習慣です。いまはその風俗・習慣のほうを問題にしているのです。

七三〇年（天平二年）、大宰府の長官である旅人たちが松浦県《まつらがた》へ遊びに行きます。そのとき筑前守《ちくぜんのかみ》である憶良も誘われたけれど行かなかった。なぜかという理由が、巻五の八六八番の歌の題詞に書いてあります。

憶良聞かく、「方岳《はうがく》の諸侯と都督刺史《ととくしし》とは、並《とも》に典法《てんぱふ》に依りて、部下を巡行して、その風俗を察《み》る」と。

地方官は典法（ルール）にしたがって自分の治めている土地を巡行して人びとの暮らしぶり（風俗）を見るべきだと聞いております。その仕事があるので同行できませんでした——といっています。旅人だって大宰帥ですから仕事はあったはずです。それをせずに遊びに行こうよ、と誘ったのです。すると憶良は、「土地を巡行して『風俗』を観察するのが決まりですので行けません」と答えている。憶良における「風俗《てぶり》」というのはこれくらいの確かさをもったことばでした。まさにかれは風俗のなかで生活した人だといえます。

「人事」をうたった歌人

詩（歌）には自然描写をする「自然詠《しぜんえい》」というジャンルがありますが、憶良は自然詠といえるような作品をつくっていません。仮に「自然」の対義語を「人間」とすると、憶良の関心はもっぱら「人間」のほうにあって、「自然」のほうには向いていないからです。これほど自然から遠い歌人はめずらしいといえます。

大伴旅人は「さあ、ふるさとの萩の花が散るのを見ながら神祭りをしたいものだ」という願望を述べて亡くなっています（巻六・九七〇）。旅人という人は十分にふるさとにつつまれた歌人でした。それにたいして、旅人の部下であり親友でもあった憶良にはそうしたところがまったく感じられません。

そんな憶良が梅の花をよんだ歌があります。

春さればまづ咲く宿の梅の花独《ひと》り見つつや春日《はるひ》暮さむ　（巻五・八一八）

自然をよんでいるではないか、といわれそうですが、これは梅の花をよんだ歌ではありません。春になるとわが家にも梅の花が咲くけれど、どうして独りで見つつ一日をすごすことがありましょうか——という歌ですから、梅をどう観賞するかということをいっているだけであって、梅の花が美しいとか、美しい月夜に梅の香がただよってくる、などという景色をよんでいるのではありません。これはむしろ人事をよんだ歌と解すべきでしょう。

あえて反語で「独り見つつや」などといっているのはなぜだろうかと考えると、「梅の花はみんなで見よう」という結論にいたるプロセスで、やはり「独り」ということにこだわっていたように思えます。だからあえて反語を用いたのではないか。本音のところでは、ちらっと「独り」という孤独感が垣間《かいま》見えます。

もう一首、巻八の一五二〇番。「七夕《たなばた》の歌」にはかろうじて自然らしきものがでてきます。

牽牛《ひこぼし》は　織女《たなばたつめ》と　天地《あめつち》の　別れし時ゆ　いなうしろ　川に向き立ち　思ふそら　安からなくに　嘆くそら　安からなくに　青波《あをなみ》に　望みは絶えぬ　白雲《しらくも》に　涙は尽きぬ
（中略）　朝凪《あさなぎ》に　い掻《か》き渡り　夕潮に　い漕《こ》ぎ渡り　……

「青波」や「白雲」、あるいは「朝凪」「夕潮」といった自然をあらわすことばがでてきますから「自然詠《けんぎゆう》」と思いがちですが、この歌は天の川をうたったものです。天上の川をへだてて牽牛と織女《しよくじよ》が向かい合っている。しかし青々とした波が広がり空に雲がかかっているから、ふたりの逢瀬《おうせ》はもう絶望的だ、という歌です。

空にかかる白い雲に関しては「白雲謡《はくうんよう》」ということばがあります。白い雲は人が遠く離れていることの象徴なのです。したがってこの歌も自然詠ではなく、人と人が遠く離れていく別れの歌というべきです。

引用の後半へいくと「朝凪」（朝の穏やかな水面《みなも》）「夕潮」（夕方の満ちてくる潮）ということばがでてきますが、これでは川ではなく海ではないでしょうか。川に潮が満ちてくるといえば、河口近くのごくかぎられたところだけです。だからこれは自然に向き合ってよんだ歌ではありません。もしこれが自然詠だとしたら、きわめていい加減な歌です。

憶良の歌には自然らしきものしかでてきません。

たとえば山部赤人は、

田児《たご》の浦ゆうち出《い》でて見れば真白《ましろ》にそ不尽《ふじ》の高嶺《たかね》に雪は降りける　（巻三・三一八）

とよんでいますが、憶良の歌は、こうした自然の荘厳《そうごん》さに打たれた歌とは全然ちがいます。その意味でも憶良は自然に向き合うことのなかった歌人であり、かれが向き合っていたのはつねに人間であった、というべきです。

憶良は自然をよまない

都会人・憶良は、決定的に自然をよみません。別のことばでいうと、かれは風景というものをもっていません。具体的に申しますと――、

白波《しらなみ》の浜松が枝《え》の手向草幾代《たむけぐさいくよ》までにか年の経《へ》ぬらむ　（巻一・三四）

白波の寄せる海岸に生えている松、その枝に結ばれた幣《ぬさ》はどれほどの年月を経ているのだろう、というのですから自然詠のように思えます。でも、そうではない。神さまに手向《たむ》

ける幣をよんだ歌です。幣というと紙切れのようなものを思い浮かべますが、本来は自然の植物でした。枝を結んで幣にした、その松をよんでいるのですから、けっして自然の風景としての松をよんでいるのではありません。

憶良には自然そのものをうたった歌はないというと、秋の七草の歌があるではないかという人がいるのではないかと思います。

秋の野に咲きたる花を指《およ》び折りかき数ふれば七種《ななくさ》の花　（巻八・一五三七）

そういって「萩の花尾花《をばな》葛花《くずばな》……」（巻八・一五三八）と七種類の花を選定しています。しかしこの歌も秋の野原に咲く七種類の花を目の前にして感動しているのではありません。何と何を秋の花と考えるか、それを選考したまでの話です。

七草の歌のすこし前に七夕の歌（巻八・一五一八〜一五二九）があります。両者のあいだに二十首ほど別の歌が入っていますが、それらの歌は別の資料からとってきたものですから、それを除くと七夕の歌から直結します。つまり、「七月七日の夜に供える花は何がいいでしょう」と聞かれて七草を選んだのですから、これも自然そのものをよんだ歌だとはいえません。

妹《いも》が見し棟《あふち》の花は散りぬべしわが泣く涙いまだ干《ひ》なくに　（巻五・七九八）
大野山《おほのやま》霧立ち渡るわが嘆く息嘯《おきそ》の風に霧立ちわたる　（同・七九九）

七九八番の歌も亡くなった人を思い出すときのよすがとしての棟の花（いまでいう栴檀《せんだん》のたぐい）をうたったものですから、自然をそのままよんだのではありません。いまでも写真を見て亡き人をしのぶことがありますが、この「棟の花」は写真のような役割をはたしているのです。

次の歌も亡くなった人（旅人の妻だと思われます）を葬った山をよんだものですから純粋の叙景歌とはいえません。ポイントはむしろ「わが嘆く息嘯」にあります。ちなみに「息嘯」とは息吹のことです。

瓜《うり》食《は》めば　子ども思ほゆ　栗食めば　まして思《しの》はゆ　……　（巻五・八〇二）

有名なこの歌も食べ物としての瓜とか栗をよんでいるのであって、自然になっている瓜や栗をうたっているのではありません。瓜や栗は渡来人独特の技術によって栽培されていましたから、たいへん高価でした。そんな瓜や栗を見ると子どもに食べさせたいと思うという歌ですから、とても自然詠とはいえない。

人間のしがらみのなかに生きる

「貧窮問答の歌」には「風雑り　雨降る夜の　雨雑り　雪降る夜は……」（巻五・八九二）とありました。一見、自然の状態をよんでいるかのごとく思われますが、とんでもない。飢えと寒さの象徴としての風あるいは雨、雪であり、これも純粋な自然とはいえません。最後に決定的なのが、「春さればまづ咲く宿の梅の花……」（巻五・八一八）です。前でも言及したように、梅をどう観賞するか、大勢で眺めるのか独りで見るのか、ということをいっているのですから、自然というより人事をよんだ歌です。

梅は寒いときに雪をかぶって凛《りん》と咲きますから、中国人がひじょうに愛した花です。そこで渡来人たちは故郷をしのぶために好んで植えた。ですから天然自然のものではなく、かなり人工的な植物です。二重の意味で自然をよんだ歌とはいえません。

では、憶良は自然以外の何を見ていたのでしょう。人間です。自然と人間を対比させていうなら、憶良は「自然」に目を向けずに「人間」に目を向けていた。その人間がひしめいているのは都会である。そこで都会人・憶良は、つねに人間とは何かということを考えました。

かれの歌で特徴的なのは、人間と人間が向き合った関係に着目したことです。それを憶良のことばでいいかえると「世の中」ということになります。「世間」ですが、じっさいかれの作品には「世の中」「世」といったことばがたくさんでてきます。これも憶良の都会性の証《あかし》になると思います。

世間ということばは仏教語からの輸入と考えられます。仏教では「世間」ということばをたくさん使っていますが、それを日本語でいいかえたのが「世の中」です。

ただし、憶良は仏教的に世の中をうたったのではありません。

仏教のことばでは「世間虚仮《こけ》」（世の中は空《むな》しい、という意味）などといいます。ここでいう「世間」というのは「現実」あるいは「現世」といった意味です。「来世」こそがほんとうの世界だと考える仏教は「世間」を「虚仮」と考える。ところが憶良は「世間」（世の中）ということばを使いながら、そこに人間のネットワーク、人間のしがらみといった意味をもたせています。

父母《ちちはは》を　見れば尊《たふと》し　妻子《めこ》見れば　めぐし愛《うつく》し　世の中は　かくぞ道理《ことわり》　……

（巻五・八〇〇）

父や母を見ると尊いと思う。妻や子どもはかわいいと思う。それが世の中の道理であるといっています。憶良が問題にしているのは完全に人間関係です。その点からしても、かれは人間集団のなかに生きる都会生活者でした。

「世間」とは時間と空間

この「よ」ということばは「ひと区切り」という意味をもっています。竹でもひと節を「一節《ひとよ》」と呼びます。「君が代」の「代」もそうです。生まれてから死ぬまでのあいだが「代」。生きているかぎりの時間、人の命があるあいだ、それが「世の中」です。いいかえれば、「世」は時間の概念ということになります。

巻五の八〇四番は「世間《よのなか》の住《とどま》り難《がた》きを哀《かな》しびたる歌」です。世の中や人の命はとどまりがたいといっているのですから、明らかに「世間《よのなか》」ということばは時間の概念として使われています。

ところが、わたしたちはいま「世間」ということばを空間の概念として使っています。これはどうしたことかというと、じつは「世間」ということばには元来、時間概念がふくまれているのです。「世」が時間の概念で、「間」が空間の概念です。ですから、「世界」

ということばも同様。「宇宙」もそうですね。「宇」は「四方の果て」ですから空間の概念、「宙」は「無限の時間」という意味ですから時間の概念。「世間」「世界」「宇宙」ということばには、いずれも空間の概念と時間の概念がふくまれているのです。

もうひとつ例をあげると「時」ということば――これは「とき」と読みます。五時とか六時という時刻が「とき」です。ところが、i音をo音にして"toki"を"toko"(とこ)と読みかえると、「常夏《とこなつ》」「常世《とこよ》」ということばがあるように、永遠の時間になります。「時」には、時間という意味と永遠という意味がある。しかも、「とこ」に「ろ」という接尾語を加えると、「所」すなわち空間になる。このように時間と空間は本来、一体にから み合ったものなのです。とりわけ古代の人びとにとってそうであったことは、以上のような例からもわかります。

「世間」ということばも時間の概念をふくみながら空間の広がりも意味しています。憶良もそんなふうにして世の中すなわち人間関係を一所懸命に考えていたはずです。都会に目覚めた人間でしたから、人間が大勢いる都会で、人間とは何か、人間のネットワークとは何かを考えつづけた。それが憶良という人でした。

ところが、そんな憶良自身の人間関係をふりかえってみると、いったい友だちがいたのだろうかと思うことがあります。ひじょうにまじめな人でしたから、あまり友だちはいなかったのではないか。憶良が一方的に友だちだと思っていたのが大宰府の長官であった大伴旅人ですが、旅人のほうは、さあ、どう思っていたでしょうか。人生観はまったくちがいます。憶良を真の友だちとは思っていなかったように思います。そんなところにも憶良の悲しみが感じられます。

世の中のつらさと恥ずかしさ

具体的に歌に即して「世の中」ということを考えてみます。

巻五の八〇二番と八〇三番は「子らを思《しの》へる歌」としてワン・セットです。題詞を見ると、「況《いは》むや世間《よのなか》の蒼生《あをひとくさ》の、誰かは子を愛《うつく》しびざらめや」とあります。「世間の蒼生」というのは一般人のことですが、なぜ「蒼生」というかというと青々とした髪をしているからです。さらに題詞の前半部を見ますと——お釈迦さまだってわが子を愛する煩悩をおもちになっているのだから、凡夫といわれるわれわれがわが子を愛するのは当然じゃないか、といっています。このあたりにはもう徹底して市民感覚がうかがわれます。

この「子らを思《しの》へる歌」をふくむ巻五の八〇〇番から八〇五番は、七二八年（神亀五年）の七月二十一日に筑前の嘉摩郡《かまのこおり》でつくられた歌ですから、わたしはこれを「嘉摩三部作」と呼んでいます（長歌が三作）。ここには「世間」ということばがいっぱいでてきます。

世間《よのなか》の　術《すべ》なきものは　年月は　流るる如し　……（巻五・八〇四）
常磐《ときは》なすかくしもがもと思へども世の事なれば留《とど》みかねつも（同・八〇五）

八〇五番の歌は――岩石のように変わらずありたいと思うのだけれども、世のことだから命を留めることはできない、といっています。

「貧窮問答の歌」もずっと読んでいきますと、こんなところがあります。

楚取《しもと》る　里長《さとをさ》が声は　寝屋戸《ねやど》まで　来立《きた》ち呼ばひぬ　かくばかり　術《すべ》無きものか
世間《よのなか》の道（巻五・八九二）

「楚《しもと》」というのはむちです。むちをもった村長《むらおさ》がやってきて「働け、働け」といって、もうどうしようもないのが世の中だという。それをうけて――、

世間《よのなか》を憂《う》しとやさしと思へども飛び立ちかねつ鳥にしあらねば（巻五・八九三）

その前の長歌（「貧窮問答の歌」）にあるように、貧乏だから子どもたちに着せてやるものがない、食べさせるものもない。税金はたくさんかかってくる。衣食住に困っている。これが、世の中が「憂し」、つらいという意味です。

次の「やさし」とあるのは恥ずかしいという意味です。これは、世の中一般というよりも自分自身のあり方を問題にした表現です。いまも昔も、「世の中が悪いんだ」「みんな政治家が悪い」といいがちですが、そういうだけではなく、まずは自分自身をかえりみなければいけない。それがこの「やさし」ということばです。整理すると――、

（一）世の中が「憂し」（つらい）というときは、自分が世間のことを考えている。

（二）「やさし」（恥ずかしい）というときは、世間のまなざしが自分に向かってくる。

人間関係は思うにまかせない。それが「憂し」です。しかし、それはじつは個人の問題でもあるのだというのが「やさし」です。「憂し」と「やさし」ということばにはそういうちがいがあります。

第四章　インテリの悲しみ

空《むな》しく浮雲《ふうん》と大虚《たいきょ》を行き、心力《しんりき》共に尽きて寄る所なし　（「俗道悲嘆の詩」）

心は浮き雲とともに大空を漂い、心もしなえ、力も尽き果てて、頼るべきものはない。

考えすぎると、寂しい結論にいたる。それでも考えてしまうのが人間であり、憶良である。

「論理《ロゴス》」と「情熱《パトス》」という手がかり

インテリということばは、ご承知のように、「インテリゲンチャ」というロシア語を縮めたものです。知識階層あるいは知性の人といえばいいでしょうか。

「憶良を古代知識人と呼べるか」という問題を考えてみるのが、本章のテーマです。

結論から先にいえば、かれは古代における知識人だったといっていいと思います。

そうすると、憶良が知識人だといえる証拠を示さないといけない。そのとき、ひとつ手がかりになりそうなことばが「論理《ロゴス》」です。論理の反対のことばは何かというと、「情熱《パトス》」です。「論理」と「情熱」という対比が参考になるように思います。

一般的にいうと、男は論理に立脚します。女は情熱を大事にする。このふたつの世界はまったくちがいます。論理を信じている人は論理にしか価値を置かないし、逆に情熱を信じている人は情熱にしか真理はないと信じている。両者とも譲らないものだから悲劇や喜劇が起こります。

それをよく知っていたのが『徒然草《つれづれぐさ》』の吉田兼好《よしだけんこう》です。この人はとにかく、「女なんていうものはもうどうしようもない」と、口をきわめて女性の悪口をいっています。「まことしやかなことをいうけれども、いったそばから、あれはウソだということがバレてしまう」とか「根性が曲がっているから自分のいいたいことばかりいう」と、いっています。

「だから、女はどうしようもない」と書いています。それをよんでいても、女性の発言がことごとく情熱に立脚していることがわかります。そしてそういう女性を「どうしようもない」と感じる価値観は論理にもとづいています。

ならば、兼好法師は女性を全否定しているのかというと、そうではない。「そういう女を愛さない男は底のない盃《さかづき》とおなじだ」といっています（『徒然草』第一〇七段ほか）。女性というものは素晴らしいと認めながら悪口をいう。そこが吉田兼好の優れたところです。一筋縄ではいかないところです。わたしは、あれぐらい頭のいい人はいないと思っています。

言語への依存から悲しみが生まれる

女性を見たら美しいと思うのは情念ですから、恋の歌に満ちみちた『万葉集』はいうまでもなく情熱の世界というべきです。

江戸時代の国学者・本居宣長《もとおりのりなが》も、「和歌とは人が最初に出会った感動をうたうものだ」という趣旨のことをいっています。何かに出会って「ああ」と感嘆する。その感動をうたうのが和歌である。そうした感動の表現としては「ああ」のほかに「はれ」も使われていたので、「ああ」と「はれ」をいっしょにして、宣長は「あはれ」と呼びました。もののあはれ、何ごとかについての感動、これが和歌の本質だ、と宣長は考えたのです（『石上《いそのかみ》私淑言《ささめごと》』など）。

宣長の説にならうなら、万葉歌人は男であれ女であれ、情熱の人ということができます。そんななかにあって、憶良を「論理の人」といえるかどうか。もし、そういうことができたら憶良は当時のインテリであり、また万葉歌人の類型からいうと特殊な人だということになります。

そこで、憶良が論理の歌人であるか否かの検討に入りたいと思いますが、論理は万葉時代のことばでは「こと」といいました。ことばの「こと」です。情熱の「ああ」とか「はれ」はいうまでもなく感情や情念によって発せられますが、一方、論理におけることばは、考えたうえで発せられます。

では、考えることをやまとことばでいうとどうなるか。「慮《おもんばか》り」です。漢字の熟語でいうと「思慮」。

そこでわたしは、「言語」と「思慮」、やまとことばでいうなら「こと」（ことば）と「思いはかり」、このふたつを手がかりにすると憶良がインテリであるかないかということがわかるのではないだろうかと考えてみました。

まず、言語すなわち「こと」からとりあげてみると、憶良は「こと」（ことば）をどう考えていたか。ことばを信じていなければ歌などつくれませんから、ことばを信じていたことはいうまでもありません。しかしことばを信じすぎると、ことばに依存するようになります。そして依存度が大きくなると、ことばに拘束されるようになる。言語を信頼するだけなら悲しみは生じません。ところが言語への依存が昂《こう》じて言語に拘束されるようになると、そこからインテリの悲しみが生まれます。

いったい憶良はどうであったか。

「沈痾自哀《ちんあじあい》の文」をよむ

言語への依存と言語からの拘束が確認できれば、憶良はやはりインテリの悲しみをもっていたということが証明されます。そこで検討してみたいのは「沈痾自哀《ちんあじあい》の文」(『万葉集』巻五)です。歌ではないし、詩でもない。漢詩ですらない。全五段落からなる、長い散文です。それゆえ『国歌大観』の番号が振られておりませんが、八九六番と八九七番のあいだに載っています。

この「沈痾自哀の文」は長いから、たいてい飛ばしてしまってよむ人はあまりいません。しかし、これをじっくりよむ必要があります。

まずは第一段落、前書きにあたる部分です。

竊《ひそか》に以《おもひみ》るに、朝夕に山野に佃食《でんしょく》する者《ひと》すら、猶《な》ほ災害無くして世を渡るを得、昼夜に河海に釣漁《てうぎょ》する者《ひと》すら、尚ほ慶福ありて俗《よ》を経《ふ》るを全《また》くす。況《いは》むや、我胎生《たいしやう》より今日に至るまでに、みづからの修善の志あり、曾《かつ》て作悪《さあく》の心無し。所以《かれ》、三宝を礼拝して、日として勤めざる無く、百神を敬重《けいちょう》して、夜として闕《か》きたるは鮮《な》し。嗟乎《ああ》媿《はづか》しきかも、我何の罪を犯してか、この重き疾《やまひ》に遭へる。

はじめはちょっと謙遜《けんそん》した調子ではじまります。「わたしめがひそかに考えてみますと、こうこうでございます」という調子ではじまりますが、じつは「竊に以るに」は当時役人が書いた答案の冒頭の形式なのである。いかに改まっているかが、よくわかります。

世の人はみな動物を殺したり魚をとったり、殺生《せっしょう》をしているけれども幸せだ。殺生は仏教でいう六つの大きな罪のひとつですが、そういうことをする人間が健康で暮らしている。自分は生まれたときからずっと修行の気持ちをもっていて三宝を礼拝している。毎日、仏さまにも神さまにもお祈りしている。それなのにどうしてわたしはこんな重病にかかってしまったのか——と嘆いています。

ここまでが全体の要旨を述べた部分です。つづいて第二段落——、初め痾《やまひ》に沈みしより已来《このかた》、年月稍《やや》に多し。この時に年は七十有四にして、鬢髪《ひんはつ》斑白《しら》け、筋力尫羸《つか》れたり。ただに年の老いたるのみにあらず、復《また》かの病を加ふ。諺《ことわざ》に曰《い》はく、「痛き瘡《きず》に塩を灌《そそ》き、短き材《き》の端を截《き》る」といふは、この謂《いひ》なり。四支《しし》動かず、百節皆疼《いた》み、身体太《はなは》だ重く、猶《な》ほ鈞石《きんせき》を負へるが如し。布に懸《かか》りて立たむと欲《す》れば、翼折れたる鳥の如く、杖に倚《よ》りて歩まむとすれば、足跛《ひ》ける驢《うさぎうま》の比《ごと》し。……

自分はずいぶん長いこと病《やまい》の床に臥《ふ》せっている。いまや七十四歳。重い病気にかかっている。手足は動かず、関節はどこもかしこも痛い。体も重い。それでも、かたわらの布をもって立ち上がろうとする。ひょっとすると、憶良の机の脇には天井から布が一本ぶら下がっていたのかもしれません。それをつかんで立ち上がろうとするんだけれど、翼が折れた鳥のようだ。やっと立ちあがって、今度は杖《つえ》にすがって歩こうとすると、脚をひいた驢馬《ろば》のようだ。

この症状からして、かれの病気はリウマチではなかったかという説があります。憶良は二十代から写経生でしたから、すわってばかりいました。その職業病だというのです。

ここで憶良がいうことは歩行困難ゆえの嘆きで、つまり、人間の最大の条件のひとつは何かというと、歩行です。かかとを地につけて、二本の足で立つ、歩く。それは人間だけに許された行動です。猿やチンパンジーも時に二本足で立つことがありますが、完全ではありません。しかし人間であっても、病におかされ立ち上がれなくなったら寝ているしかない。せっかく人間なのに歩行の条件を失ってしまう。そして、やがては土に帰ることになるのであろうかと、みずから嘆いているのです。

憶良における「人間の尊厳」という意識はひじょうに大きな問題です。その人間の尊厳がいまおびやかされそうになっている。そんな不安、焦燥を描写したのがこのくだりです。次に、病気になってどうしたかというテーマがでてきます。憶良は占い師に占ってもらい、お医者さんにも行きましたが、治らない。「減差《い》ゆる無し」と書いています。

その次は、「吾《われ》聞《き》かく」とあります。何をどう聞いているかというと、昔の中国には名医が大勢いて、「除《い》癒《や》さざる無し」と。そうして名医の名前を列挙しておりますが、しかしいまは名医を望むべくもないといってから、ある結論をだしています。そこに、とても重要なことが書かれています。

言語に絶望した「敗北宣言」

大事な箇所をよんでみましょう。第四段落の後半です。

故《かれ》、知る、生の極めて貴く、命の至りて重きを。言はむと欲《ほ》りして言窮《ことき》まる。何を以《も》ちてかこれを言はむ。慮《おもひはか》らむと欲《ほ》りして慮り絶ゆ。何に由《よ》りてか之《これ》を慮らむ。……

生《せい》というのはきわめて尊く、命はきわめて重いということがわかった。だが、どういうふうに生の尊さを語ったらいいものか、ことばが見つからない。思いめぐらそうにも、思いがつづかない。何によってこの 理《ことわり》 を考えよう。

七十四歳という高齢のうえに、病の苦しみを背負いながら、生命は尊く重いものだということがつくづくわかったというのです。

つづいて結論がきます。「何を以ちてかこれを言はむ」とあります。このあたりはたいへんむずかしいいい方ですけれど、仮にみなさんが病気になったときどうするか、ということを考えるとすこし理解しやすくなるかもしれません。

そのときはふたつの道があります。ひとつは、何も考えないでお医者さんに行って手当てをうける。もうひとつの道は、仮にがんになったとしても治療はうけない。わたしもそういう人を知っていますが、その人がどういう心境でいるかというと、自分の運命を自分で納得して合理化しています。「おれはやがて死ぬ。このまま自然に生をまっとうするのがわたしの生き方だ」と思おうとする。そして、「これがおれの生き方だ」と考える。みずからそう納得できれば病苦から解放される。そういう治療もあるのです。

憶良が選んだのも後者でした。ことばによって納得する道を選びました。生きるとは何か──。ことばと思念を武器にして憶良は死に立ち向かい、死を理解することによって死の恐怖を乗り越えようとしたのです。

ところがいま、生の尊さをいおうとしてもそのことばがない。

憶良は「沈痾自哀の文」の冒頭に「竊《ひそか》に以《おもひみ》るに」と書きつけてから、いろんなことを考えてきました。頭のなかで考えてきただけではなく、ことばによって考えたことを書きつけてきた。ところがいま、「言はむと欲《ほ》りして言窮《こときは》まる」という状態におちいった。ことばがない。いたましいまでのつぶやきではないでしょうか。言語を信奉してきた人間が完全に言語に絶望する。これはたいへんな「敗北宣言」です。憶良に残された武器はもはやありません。

もしも言語を信奉していなければ、言語にたいする絶望が人生全体の絶望にはならなかったはずです。「ケ・セラ・セラ（なるようになるさ）」という人だったら憶良のような絶望はありません。ところが憶良は言語にたいして百パーセントの信頼を寄せていましたから、言語の無力さに気がついたときに絶望する。

これがインテリの悲しみでなくて何でしょう。

「言はむと欲りして言窮まる。何を以ちてかこれを言はむ」というこの一行に出会ったとき、わたしはたいへん衝撃をうけました。言語への絶望、ということにたいへんなショックをうけたのです。

太宰治を連想させる「恥」の心

絶望した憶良はこういっています。第五段落冒頭です。

惟以《おもひみ》れば、人の賢愚と無く、世の古今と無く、咸悉《ことごと》に嗟嘆《なげ》く。……

人はみな嘆きの人生である、という意味です。

そうして嘆いたあと、もうひとつの結論がきます（第五段落末尾）。

今吾《われ》病の為に悩まされ、臥坐《ぐわざ》するを得ず、向東向西《かにかく》に為す所を知らず。福《さきはひ》無きことの至りて甚しき、すべて我に集まる。「人願へば天従ふ」といへり。如《も》し実《まこと》あらば、仰ぎ願はくは、頓《にはか》にこの病を除き、頼《さきはひ》に平《つね》の如くなるを得む。鼠《ねずみ》を以《も》ちて喩《たとへ》と為すは、豈愧《あには》ぢざらめや。

問題にしたいのは最後の「鼠を以ちて喩と為す」という箇所です。

じつはこの文章の前のほうに、「死にたる人は生ける鼠に及《し》かず」ということばがでてくるのです。——「死んでいる。しかし人間だ」という状態と、「生きている。しかし鼠だ」というあり方を比べたらどうなるかという話の結論として、憶良は「死にたる人は生ける鼠に及かず」という文章を引いているのです。つまり憶良は、生きていられるのであれば鼠だっていい、といったのです。

ところが最後にきて、「鼠を以ちて喩と為すは、豈愧ぢざらめや」と、前言を撤回した。「死んでしまったら鼠以下だ」などといったのはたいへん恥ずかしいことだった、といっています。最後にそんなことを書くんだったら鼠の比喩《ひゆ》など使わなければよかったのに、と思いますが、わたしなりのことばでいうと、ここには憶良の羞恥心《しゅうちしん》がよくあらわれています。

わたしは表現者というものは本来、深い羞恥心をもった人だと思います。「含羞《がんしゅう》」ということばがありますが、憶良はまさに含羞の人だったのではないか。どこか太宰治を連想させるものがあります。みずからを恥じるそぶりがあって、それこそが表現者特有の含羞ではないかという気がします。あるいは含羞をもっていないと誠実な表現者にはなれないのかもしれません。

憶良はいかにことばを信頼していたことか。その点において、かれはみごとなまでのインテリでした。しかし結局、それはかれに絶望しかもたらさなかった。

それでも考えてしまうのが人間

次は、「慮り」をとりあげたいと思います。「慮《おもひはか》らむと欲《ほ》りして慮り絶ゆ。何に由りてか之を慮らむ」とあった「慮り」です。これも言語による論理です。

いったいに憶良の文章は、対象を論理によって捉えようとし、きわめて論理的です。しかし理詰めの文章で物事を捕捉《ほそく》しきれるかといったら、捉えきれない。すると、最後にはやはり絶望がきます。

論理による捕捉と絶望の例として、「沈痾自哀の文」の次に置かれた「俗《よ》の道の、仮《かり》に合ひ即ち離れ、去り易く留《とど》まり難《がた》きを悲しび嘆ける詩一首幷《あは》せて序」を見てみます（これも詩ですので『国歌大観』による番号はありません。私はこの詩を「俗道悲嘆の詩」とよんでいます）。

ここで憶良は、世間の理《ことわり》は「仮合即離《かごうそくり》」だといっています。仮に合う、だからすぐに離れてしまう。どんどん移りゆくから、一定の状態にとどまることはむずかしい。それを嘆いているのですから、仏教でいう無常です。じっさい、この世に不変のものはありません。目の前の机だって、目に見えないだけで一瞬ごとに風化しています。岩もそうだ。時々刻々と変わっている。愛だってそうでしょう。みんな移りゆきます。憶良はそうした無常について考えます。

この文章でも、「竊《ひそか》に以《おもひみ》るに」ではじまり、そしてしばらくすると、「故知《かれ》る」とあります。わかった、というのです。ところがまた、「以《おもひみ》るに……」という。そして、「所以《かれ》……」とつづきます。

憶良の文章のスタイルについていうと――「考えてみた」、そこで「わかった」。その次も、「考えてみた」、すると「こうだ」となっています。「だから、こうだ」「だから、こうだ」とくりかえす。そして最後も「故知りぬ」。だからわかった、といっています。

では、何がわかったかというと、「生るれば必ず死あるを」といっています。そんなことは最初からわかっています。また、「死をもし欲《ねが》はずは生れぬに如《し》かず」。死にたくなければ生まれなければいい。これも当たり前です。その上で憶良は「それがわかった」といっているのですが、それでこの人は安心したのでしょうか。

次をよみます。

況《いは》むや縦《よ》し始終の恒数《こうすう》を覚《さと》るとも、何ぞ存亡の大期《たいご》を慮《おもひはか》らむ。

「始終の恒数」とは、一定の寿命という意味です。それはわかったが、わからないのは「存亡の大期」だ。いつ死ぬか、それがわからないといっています。

そして憶良は、追い討ちをかけるように漢詩を載せています。いままでの文章は序文で、次の詩が本体です。

俗道の変化《へんくわ》は猶《な》ほ目を撃つが如く、人事の経紀《けいき》は臂《ひぢ》を申《の》ぶるが如し。空《むな》しく浮雲《ふうん》と大《たい》虚《きよ》を行き、心力《しんりき》共に尽きて寄る所なし。

目をパチパチッとまばたきするあいだに世の中はどんどん変わっていく。人の世の移り行きは伸ばした肘《ひじ》のあいだぐらいのものにすぎない。それほど短い。わが身は浮き雲とともに空を漂い、心も力もともに尽きて、どこにも寄る辺《べ》がない。

これが憶良の結論です。寂しい結論です。なぜ寂しくなってしまうかというと、考えすぎるからです。知るということは絶望しか与えません。しかし、それでも考えてしまうのが人間です。憶良です。

簡単に「俗道悲嘆の詩と序」を見てきましたが、この作品はとても論理的につくられています。この一篇をよむと、憶良が論理をひじょうに重んじていたことがわかります。しかしその結論は何かといったら、「心力共に尽きて寄る所なし」という絶望です。キェルケゴールのことばをパロディふうにいえば、論理は絶望にいたる病である、といういい方ができそうです。

こうした点からも憶良はインテリの悲しみを背負った人でした。

文献《テキスト》を信じたインテリの悲劇

三番目は「文献《テキスト》」について記します。

いうまでもなく、文献は「事実」ではありません。物語であれば架空の事柄を記したものですから、まったく事実ではない。『源氏物語』の冒頭に「いづれの御時《おほんとき》にか、女御《にょうご》、更衣《こうい》あまたさぶらひたまひけるなかに……」とありますが、モデルはあるにしても、けっして事実ではないことはだれもが知っています。ところが「文献」といわれると、そこに書かれていることが事実＝現実であるかのごとく錯覚をする人が大勢います。とくにインテリがそうです。「この本にこう書いてあるではないか」などといって、記されていることとを事実あるいは正当な規準と思ってしまう。こうした文献への依存は文字信仰からきています。

ところが、現代語にあっても文字をもっている言語は世界全体の二〇パーセントにすぎません。地球上の言語の八割は文字をもっていない。だから文字信仰というのもインテリの特徴だと思います。

憶良はあちこちの文章でいろんな文献を引いています。もっとも、俗書ばかりで、ステータスのある四書五経《ししょごきょう》などはほとんど登場しません。その点では教養が高いとはいいかねるのですが、しかし文字信仰はひじょうに強い。すると、どういう結果になるかというと、文献という架空の現実にたいする信頼が生まれる。文献上の現実なんてほんとうは架空のものなのですが、それを現実だと思ってしまう。

先の「沈痾自哀の文」にもいろんな書物が引いてあります。「帛公畧説《はくこうりやくせつ》に曰はく」とか「遊仙窟《ゆうせんくつ》に曰はく」「孔子の曰《のたま》はく」とあります。こんなふうに憶良は文献に依拠します。では、何のために文献を引くかというと、名医の名前や長生きした人の例を知って安心するためです。だから自分も長生きができるのではないかと考える。文献に依拠することによって勇気づけられたかったように見えます。しかし、それは所詮《しょせん》、嘘なのです。文中には「楡柎《ゆふ》、扁鵲《へんじやく》、華他《くわた》……」などと、名医の名前が列挙されていますけれども、仮にかれらに匹敵する人たちがいたって憶良の病気が治るかどうかわからない。それはまた別問題です。また、そういう名医たちがほんとうに長寿を約束してくれたかどうか、これもそういう伝説があるというだけの話で、あくまでも架空の話です。それを信じてしまうところに文献を偏重するインテリとしての悲しみがあったように思われます。

本章では三つのことを指摘しました。言語、論理、文献。やまとことばでいえば「こと」「おもんばかり」「ふみ」。そうしたものにあまりにも依存しすぎた憶良は、その結果、絶望におちいってしまった。ここにインテリの悲しみがあるだろうというのが本章の結論です。

第五章　ノンキャリア公僕の悲しみ

吾《あ》が主《ぬし》の御霊《みたま》給ひて春さらば奈良の都に召上《めさ》げ給はね　（巻五・八八二）

あなたの御心をかけて下さって、春が来たら奈良の都に私を召し上げてください
さいな。

憶良は「言志《げんし》の人」であった。「言わぬが花」というスマートさをもてなかったのは、ことばを信頼していたからであった。

下っ端役人からの遅い出世

現代にあって、官僚は最初に受験する段階から将来がすでに決まっています。国家公務員試験にはⅠ種・Ⅱ種・Ⅲ種があって、Ⅰ種の「キャリア」組とⅡ種・Ⅲ種の「ノンキャリア」組では出世のコースがちがっています。国家公務員はそれを前提として試験をうけ、そこから人生をスタートさせるのです。ノンキャリアが汚職事件を起こした場合、鬱積《うっせき》した感情が起因しているとも考えられますが、その職分の悲しみがひそんでいるように思います。

じっさい各省庁では、キャリア組は次々と栄転していき、ノンキャリアだけがとり残されています。しかし、それは能力差ではなくて、スタート時点の差である。そうだとしたら、下積みを余儀なくされた人たちはやりきれないだろうと思います。

そこでまず、憶良を「ノンキャリア」と規定できるかどうかという問題があります。最初にそこを確かめておかなければいけない。

憶良はともかくも出世しました。筑前の国司ですから、いまでいうなら福岡県知事です。その前は伯耆《ほうき》の国司ですから鳥取県知事。知事を二回もやっています。出世しなかった、とはいえません。しかし、憶良が最初に正史に登場したとき、位はありませんでした。姓《かばね》もなかった。そして無職だったかもしれない（二五ページ）。そこからしても、当時の社会において優遇される立場にあったとはいえません。

当時の官位は三十階級に分けられていて、『日本書紀』や『続日本紀《しょくにほんぎ》』といった正史に名前が載るのは従五位《じゅごい》以上の人です。ところが憶良の場合は、七〇一年（大宝元年）に遣唐少録になったとき「少初位上《しょうそいのじょう》」と記されています。だれとだれを遣唐使として派遣したかという特別の記事だから、下っ端役人であった憶良の名も載ったのです。

ちなみに、公式記録に載らない正六位以下の人を「地下人《じげびと》」といいます。儀式があるとき御殿の上にあがらせてもらえない地べたの人だから地下人。その反対が「殿上人《てんじょうびと》」です。これは従五位以上です。

それまで正六位上《しょうろくいのじょう》だった憶良が従五位下《じゅごいのげ》という位を与えられ、殿上人になるのはやっと七一四年（和銅七年）になってからです。時に憶良、五十五歳でした。

ですから、きわめて出世は遅いといわなければなりません。名門の子弟であれば、二十歳で宮廷に出仕すると、いきなり従五位下からスタートする。憶良は五十五歳でやっとその位をもらえたわけですから、これはやはりノンキャリアというべきでしょう。年表にもありますように、伯耆守《ほうきのかみ》が五十七歳、筑前守が六十六歳。かれが亡くなるのは七十四歳ですから、死に先立つ八年前にやっと筑前守になれた。名門の出身ではないから出世が遅れています。

もっとも、憶良にはラッキーな面もありました。三十回以上にのぼる遣唐使の派遣のなかで、行きも帰りも無事というのはたった一回しかありません。あとはみんな船が難破して死んだり、遭難したりしていますから、運にはめぐまれていました。かれの一行は三度に分かれて帰国していますが、とにかく帰れたのですから、運にはめぐまれていました。

さて、憶良は四十二歳まで何をしていたかわかっていませんが、写経生をしていたのだろうという見方があります（二六ページ）。かれのたいへんな知識量はそのあいだにつちかわれたものではないかと見られます。

写経をしていたのはどういう種類の人たちかというと、都合のいいことに正倉院文書《もんじょ》の中の写経所の古文書にいろんな記録が残っています。たとえば推薦状が残っていて、「この人はお経をよくよめるから朝廷に仕えるにふさわしい人間である」などと書いてあります。そう記された人は一介の農民です。そのようなケースもありますので、憶良も市井の人であっただろうという想像も可能です。

写経生の暮らしはなかなかたいへんでした。収入はごくわずかです。時には柿がいくつとか、そのようなものがサラリーだったこともあるようです。それにもかかわらず、一字でも書き損じたら罰金をとられる。誤記が何回かつづくと、一か月の給料が吹っ飛んでしまう。ですから、写経の字を見ればわかるように、ものすごく神経を張りつめて書いています。中国の名筆・王羲之《おうぎし》の書のようにじつに整然とした文字が並んでいます。そのように根をつめた座業をつづけるのですから、写経生は多かれ少なかれ、病気を背負い込んでいたようです。いまでいう「欠勤届」には、腹をこわした、足が痛い、腰が痛い、頭が痛い、目が痛い……とあります。前に見た憶良の病気もやはり、かつての写経生という座業に由来する職業病だったと考えていいかもしれません。

差別から解放されて官僚に

ただし憶良の場合は、渡来人という特殊性がありました。しかもかれの父は天智天皇の侍医でしたから、けっして単純な市井の人ではない。その意味で、憶良の前半生を決定しているのは渡来人という立場だといえます。

では、渡来人は当時どんな扱いをうけていたのだろうか、ということが次の関心事になります。これにはよい面と悪い面があります。

よい面からいいますと、渡来人は当時、最新の知識をもった人たちでした。この時代、中国文化は圧倒的に高い水準にありましたから、韓国《からくに》も日本もそれを吸収しながら文明を高めていきました。まず、中国と地つづきの朝鮮半島が中国化する。漢風化する。その次に、朝鮮半島を通じて中国文化を伝えられた日本が漢風化する。そういう順序になりますから、日本より韓国のほうが文化水準は高かったといえます。

それが渡来人にはひじょうに有利にはたらきました。日本人は渡来人を通じて中国の技術を学んだり利用したりしたのですから、かれらはいわば日本人の「先生」のようなものでした。

そのような渡来人の立場は、明治時代のお雇い外国人のケースを思い返せば、わかりやすいと思います。明治政府は近代国家をつくるために、技術者として、知識人として、あるいは教育者として、大勢の外国人を招いて、その知見を学ぼうとしました。「ボーイズ・ビー・アンビシャス」（少年よ、大志をいだけ）ということばで有名なクラーク博士もそのひとりです。給料はものすごく高い。当時の大臣クラスの給料をもらっていたはずです。知見があるから尊敬されました。

しかし、そのことが百パーセントの幸せにはつながらない。高い給料や尊敬だけで満足できるかといったら、そうではない。所詮は「お雇い外国人」でしたから、その扱いが一時的なのです。社会や組織の正式メンバーとは認められない。いわばアウトサイダー、よそ者です。それとおなじことが万葉時代の渡来人にもいえます。それが渡来人の運命であり、これが悪いほうの扱いです。

憶良には姓がなかったと記しましたが、姓というのは家柄のことです。柿本朝臣人麿は

「朝臣《あそみ》」という姓をもっています。旅人、家持の親子は「宿禰《すくね》」です。ところが渡来人はこういう姓がありません。六八四年（天武十三年）に「八色の姓」がつくられて、一部の渡来人は「忌寸《いみき》」という姓をもらって朝廷の一員になりましたが、朝臣でもないし宿禰でもないというのですから、ある意味では差別的でした。

そうした渡来人たちが、日本人と区別されることなく官僚の組織のなかに組み入れられるのは、七二四年（神亀元年）からです。この年に即位した聖武天皇がまず「身分を平等にする。渡来人を区別しない」という命令をだしたからです。「官々《つかさつかさ》に仕へ奉る韓人部《からひとども》一二人《ひとりふたり》に、その負ひて仕へ奉るべき姓名賜へ」という詔書《しょうしょ》をだしたときからです（じっさいは、ひとりふたりではなく二十四人の渡来人が姓を授けられています）。それも「忌寸」などという徴《しるし》づけられた姓ではなく「連《むらじ》」が多かったようです。「連」であれば従来の日本人と変わりません。

憶良は六六三年に日本にやってきたのですから、来日して六十年たったところでやっと、一般の日本人とおなじ官僚になれたといえます。それまでは組織上の身分では明らかに差別されていた。これも憶良におけるノンキャリアの悲しみといえます。

思ったことを口にする「言志の人」

憶良の官位は従五位下で、伯耆守と筑前守を歴任していますから国司です。ただし筑前国も伯耆国も「大国」ではなくて「上国」です。

いっぽう、九州大宰府でいっしょだった大伴旅人の官位は従三位《じゅうさんみ》で、大宰府の長官です。さらに、大宰帥《だざいのそち》を兼ねたまま大納言になって、都に戻ります。

両者の収入（田地・雑役人）を比較すると、憶良は旅人の約六分の一となり、雲泥の差です。当時はいかに身分格差の激しい社会だったかということが、わかることと思います。

そうした階級社会がノンキャリアとしてスタートした憶良の心のなかでどんな陰影をつくっていたか、ということを見てみましょう。いちばんわかりやすいのは第三章でも引いた「敢《あ》へて私の懐《おもひ》を布《の》べたる歌三首」（巻五・八八〇〜八八二）です。

七三〇年（天平二年）、旅人が大納言になって都に戻るとき大宰府で送別会が開かれます。その会場でよまれたのが、「書殿《ふみどの》にして、餞酒《うまのはなむけ》せし日の倭歌《やまとうた》四首」（巻五・八七六〜八七九）。「書殿」というのは図書寮《ずしょりょう》の建物です。この四首は公《おおやけ》の場でうたわれた餞《はなむけ》の歌です。とりわけ最後の歌などは、

万代《よろづよ》に坐《いま》し給ひて天《あめ》の下申《まを》し給はね朝廷《みかど》去らずて　（巻五・八七九）

万代ののちまでも無事でいらっしゃって天皇の政治を助けてくださいい、というのですから、完全に公式的な歌です。

そこで憶良はあえて私的な歌もつくった。それが「敢へて私の懐を布べたる歌三首」です。「私の懐」というのは、ひそかな思い、といった意味です。

天《あま》ざかる鄙《ひな》に五年《いつとせ》住《すま》ひつつ都の風俗《てぶり》忘らえにけり　（巻五・八八〇）
かくのみや息衝《いきづ》き居らむあらたまの来経《きへ》往《ゆ》く年の限《かぎり》知らずて　（同・八八一）
吾《あ》が主《ぬし》の御霊《みたま》給ひて春さらば奈良の都に召上《めさ》げ給はね　（同・八八二）

一首目は――九州の田舎に五年も住んでいたから都の習慣を忘れてしまいました。

二首目は――これからずっと来る年も来る年もこのように溜息をつきながら暮らすのでしょうか。

そこで三首目――「吾が主」である旅人さま、春になったらどうかわたしを奈良の都に召し上げてください――といっています。

どうでしょうか。これはやっぱり、たとえ心に思っていたとしても口にだしていわないほうがスマートではないしょうか。しかし、そういうスマートさをどうしてももてなかったのが憶良だったように思います。

憶良はいわば「言志《げんし》の人」でした。ことばをたいへん信頼していた人ですから、どうしても志を述べたくなってしまう。いわないでうじうじすることはない。ただし、いいすぎて、「ああ、いわなければよかった」と思うこともあったのではないかという気がします。憶良が自分のそんな性格をどう感じていたかと考えると、どうも自己嫌悪に近いものを覚えたこともあったのではないかと思います。

もっとも、これはわたしの感じです。文学にはこれといった正解があるわけではありません。文学ではそれぞれの人がどういうふうに感じるかがいちばん大事なのですから、わたしとはちがったうけとめ方をする人がいらっしゃっても、それはそれで当然だと思います。

融通がきかず、とにかく律儀

戦後の一時期、「公僕」ということばが流行したことがありますが、これはいうまでもなく「パブリック・サーヴァント」の訳語です。民主主義が叫ばれた時代でしたから、官吏《かんり》は国民の僕《しもべ》であるべきだ、公《おおやけ》の僕である、と威勢がよかったのですが、時がたつにつれ、やはり「僕」どころか「お上《かみ》」という印象のほうが強くなってしまったように思います。

ただし憶良には、自分は公の仕事にたずさわっているのだから一所懸命その役目をはたさなくてはならない、という自覚がありました。そのあたりから見ていくと、巻五の八六八番の歌の前に手紙が載っています。前にちょっとふれたように、七三〇年（天平二年）、大宰府の長官である旅人たちから遊びにさそわれたけれど行かなかったときの文章です。

憶良、誠惶頓首《せいくわうとんしゅ》、謹みて啓《まを》す。
憶良聞かく「方岳《はうがく》の諸侯と都督刺史《ととくしし》とは、並《とも》に典法《てんぱふ》に依りて、部下を巡行して、その風俗を察《み》る」と。……

まず、「誠惶頓首、謹みて啓す」とありますから、これは目上の人に送った手紙です。大宰府の長官であった旅人と考えていいでしょう。

問題は次です。――方岳の諸侯と都督の刺史は決められた法律によって部下を巡行すると聞いている、と書いています。「部下」というのは管轄下の諸地方です。そこをめぐり歩いて、民がどのような生活をしているかを観察する。これが役目だ、と。

この「方岳の諸侯」とは何かというと、「方」というのは四方という意味ですから、東西南北をさします。その四方に山（岳）があるから「方岳」。中国では泰山《たいざん》、衡山《こうざん》、華山《かざん》、恒山《こうざん》を方岳といって、周の時代、諸侯はそれぞれの山において天子から役目を仰せつかったといいます。それにならって、わが国でも諸侯と都督刺史はしかるべき任務を与えられているのだ、といっています。

「諸侯」というのは、日本でいえば筑前守とか筑後守といった国司です。もうひとつの「都督」とは何か。中国では昔、いくつかの国をまとめるかたちで都督府を置いていました。いまでも大宰府（現・太宰府）へ行きますと、「旧都督府跡」という古い石碑が建っております。大宰府が日本における都督のひとつです。そこに所属する役人が「都督刺史」です。もっとも、土佐の国司だった紀貫之のことを「土州《どしゅう》の刺史」とよんでいますから、結局は両方とも「国司」をさしていると考えられます。

憶良はここで国司の倫理規定をあげて、松浦《まつら》遊覧に参加しなかった理由としたのだと思われます。この人にはそんな几帳面《きちょうめん》なところがありました。

その一方、いまの旅行同様、領巾麾山《ひれふりやま》や玉島といった名所旧跡を訪ねる旅でしたから、同行できないのはひじょうに残念だという気持ちもあったようです。先ほどの手紙では、「意《こころ》は内に多端に、口《ことば》は外に出し難し」とつづけています。複雑な心境はなかなか表現しがたい、というのです。

そこで、「三首の鄙《いや》しき歌を以《も》ちて、五蔵の欝結《むすぼほり》を写かむと欲《ねが》ふ」と書いています。「鄙しき歌」というのはもちろん謙遜ですが、三首の歌をつくって欝積を晴らそうといっています。

松浦県《まつらがた》佐用比売《さよひめ》の子が領巾《ひれ》振《ふ》りし山の名のみや聞きつつ居《を》らむ　（巻五・八六八）
帯日売《たらしひめ》神の命《みこと》の魚釣《なつ》らすと御立《みた》たしせりし石《いし》を誰《たれ》見き　（同・八六九）
百日《ももか》しも行かぬ松浦路《まつらぢ》今日《けふ》行きて明日は来《き》なむを何か障《さや》れる　（同・八七〇）

一首目は――同行できないわたしは、佐用比売が領巾《ひれ》を振ったという山の名だけを聞きながらいるのでしょうか。「領巾」というのは女性が肩にかける布です。

二首目の「帯日売神の命」は神功《じんぐう》皇后のことです。神功皇后が魚を釣ったときお立ちになった石をだれが見たのでしょう、という羨望《せんぼう》の歌です。

三首目は公僕の自覚と一致します。大宰府と松浦は四、五十キロの距離です。百日もかかるはずがない松浦の道にきょう行ってあすには帰ってくるのに、どんな支障があるのか。たった一日だからいいではないかと思うけれど、それでもわたしは行けない。といっています。

憶良という人は融通がきかない。とにかく律儀なんです。それほどにも国司であることを自覚していたということになります。

使命に忠実でありたいという願い

憶良が遣唐使を送る立場になってよんだのが、「好去好来《かうきよかうらい》の歌」（巻五・八九四）です。「無事に行ってらっしゃい」「無事に帰ってらっしゃい」という意味ですが、これは陶淵明《とうえんめい》の「帰去来《ききよらい》の辞《じ》」に由来しているといわれています。いまでも「さよなら」は「好去」と書いて、「好」は中国語で「ハオ」と発音されてほめことばに使われますから、完全に中国の文字づかいによって付けられた題といえます。

神代より　言《い》ひ伝《つ》て来《く》らく　そらみつ　倭《やまと》の国は　皇神《すめがみ》の　厳《いつく》しき国　言霊《ことだま》の　幸《さき》はふ国と　語り継ぎ　言い継がひけり　……

日本は天皇が統治する言霊の幸ある国であるといわれている、とはじまって——あなたはその朝廷から愛された臣下としていま中国へ出かけて行くのだから、神がみが行きも帰りも祝福して無事を守ってくださるだろう、とうたっています。

海原《うなはら》の　辺《へ》にも奥《おき》にも　神《かむ》づまり　領《うしは》き坐《いま》す　諸《もろもろ》の　大御神《おほみかみ》たち　船舳《ふなのへ》に　導き申《まを》し　天地の　大御神たち　倭《やまと》の　大国霊《おほくにみたま》　ひさかたの　天《あま》の御空《そら》ゆ　天翔《あまかけ》り　見渡し給ひ　……

大海の岸にも沖にも八百万《やおよろず》の神がいらっしゃって、あるいは船を先導し、あるいは空の上から見守ってくださる、とあります。

くりかえし申し上げているように、憶良は渡来人で教養も豊かでしたから、日本の神道《しんとう》風に「神のご加護」などというのは、いまのことばを使えば、イメージに合わない。そこでこの歌をとりあげて「憶良が渡来人だというのはやっぱりまちがいだ」という人もいます。

その問題をどう考えるか。

じつは、遣唐使を送る歌には一定のパターンがあります。遣唐使は出かける前にかならずどこかの神さまを拝みました。春日大社にお参りして幣《ぬさ》を捧《ささ》げた。したがって、遣唐使を送るときは神のご加護を祈る歌をつくるのが一種の決まりだった。憶良もそれにならったのだと考えればいいと思います。

渡来人・憶良はほんとうは儒教や仏教を信じていたのですが、それはそれとして、遣唐使を送る歌をつくるときは日本の習慣にのっとった。習慣ないし決まったパターンは踏み外さない。という意味では、この歌はかえって「公の役割をたっとぶ憶良」という本章のテーマにとっては都合がいいというべきです。

げんに、この歌にも「朝命」にあたることばがでてきます。

勅旨《おほみこと》　戴《いただ》き持ちて　唐《もろこし》の　遠き境に　……

ここにある「勅旨」が朝命です。「綸言《りんげん》汗の如し」ということばがあります。綸言すなわち天皇のことばは、いったん吹きでた汗がもとに戻らないように、変わることがないという意味です。天皇のことばは絶対的である。だから憶良も天皇の行動やことばを絶対のものとしてうけとっていた。歌に「勅旨」ということばがでてくるのも、かれがいかに忠実に公なるものを守り、立派な公務員でありたいと願っていたかということを示しているといえます。

以上が、憶良における「公僕の自覚」としてお話ししたかったことです。

海の男・荒雄の悲劇

次に、かれが「公」をどう考えていたかということに移ります。

巻十六の三八六〇番以降に「筑前国《つくしのみちのくちのくに》の志賀《しか》の白水郎《あま》の歌十首」があります。左注によれば、十首の歌の背後には次のような出来事がありました。

筑前国の宗形部津麿《むなかたべのつまろ》という人が、「対馬《つしま》の防人《さきもり》に食糧を送る船の船頭をつとめるように」と命令された。ところが津麿は年老いていたので、志賀島の漁師の荒雄という人のところへいって「代わってくれないか」と頼みこんだ。すると荒雄は「わかった」と、二つ返事で引きうけてくれた。なぜかというと、荒雄は「郡こそちがうけども昔から兄弟のように生死をともにしてきた仲だから、どうして断わるはずがあろうか」という考えの男だったからです。そして荒雄が美禰良久《みねらく》の崎から対馬をさして海を渡ったところ、嵐がきて沈没してしまった。そこで「妻子《めこら》等、犢《うしのこ》の慕《したひ》に勝《あ》へず」十首の歌をつくったといいます。

「犢の慕」というのは、子牛が親牛を慕うような思いという意味です。

この十首の左注には「或《ある》は云はく」とあって、「山上憶良臣、妻子の傷《いたみ》を悲感《かな》しび、志《こころ》を述べてこの歌を作れり」と記されています。ここから、この歌群は憶良の代作だろうという説がでてくるのですが、結論だけいいますと、この十首は重複があって整理されていないところから考えると、民衆のあいだで祀《まつ》りごととしてうたわれていた荒雄の哀悼歌と憶良の創作になる歌が混在しているのではないかと思います。

では憶良がつくったと思われる歌はどれかというと、前半の六首、つまり三八六〇番から三八六五番まででです。あとの四首は二首ずつワン・ペアになっていますから、これは民謡としてうたわれていたものだろうと思われます。

ただし、三八六〇番と三八六四番の歌には考えるべき差異が認められます。まず、三八六〇番の歌は、

大君《おほきみ》の 遣《つかは》さなくに情進《さかしら》に行きし荒雄《あらを》ら沖に袖振る

「情進」ということばは「男の見栄」といったような意味ですが、これがこの歌のポイントです。

先ほどいいましたように、朝命や勅旨は絶対的なものです。だからこそ、筑前の国司である憶良は旅の誘いも断わって任務に励んだのです。同様に、「大君」も絶対的である。憶良はそう考えていたにちがいありません。

ところが荒雄の場合は、大君から「対馬へ行け」と命じられたのではありません。それ

にもかかわらず、親しい老人から頼まれると、その人に代わって海に乗り出し、嵐にあって遭難してしまった。そんな行為を「さかしら」と呼んでいます。このことばには、代わってほしいという依頼を断わるべきだったという、荒雄の妻ないし憶良の考えが示されていると思います。

大君から命令をうけたのであれば行かざるをえない。しかし、そう命じられたわけではないなら行かないほうがいい。そういう考えは、一方で絶対的権威を強く認識すると同時に、他方において家族の愛、家庭の安寧《あんねい》を守るべきだという美意識があったことを意味しています。いいかえれば、先ほどいった「公」と「私」の対立構造を示しているのが「さかしら」ということばです。

荒雄の悲劇は「さかしら」にある、と憶良は考えています。そんな荒雄が沖で袖を振っている。そこに悲しみがある、と見ます。

次は三八六四番の歌をよんでください。

官《つかさ》こそ指しても遣《や》らめ情出《さかしら》に行きし荒雄ら波に袖振る

前の歌とひじょうによく似ています。そこで一般的に、この歌は三八六〇番の異伝ないし改作であろうと考えられています。しかし細かく検討してみると、この二首の相違にこそ注目しなければいけないことがわかってきます。どこがどうちがっているか。

前の歌は「大君の」とあります。それにたいして、あとのほうは「官こそ」となっている。そこで、大君はどうするかというと「遣わす」。官は「指す」。

このちがいについて考えてみましょう。

「王の時代」から「官の時代」へ

いま「大君」とよんでいることばは『万葉集』の原文では「王」と書いてあります。ということは、当時の人びとは現在の天皇を「王」と理解していたことになります。じっさい、人びとが「王」を「天皇」と呼ぶようになるのは天武天皇の時代以降のことです。六七二年の壬申の乱のあと、天武朝がスタートしますが、そこで初めて「天皇」ということばが登場しました（ちなみに、「天皇」というのは道教における最高の神格。そこで道教好きの天武天皇が「天皇」ということばを使いはじめたのです）。

したがって、この場合も天皇というよりは「王」という意識ですが、「派遣する」王にたいして、官は「指す」。このちがいは時代の転換に由来しています。

周知のように、古代日本は王が支配していました。そして王の周辺には舎人といわれる忠誠を励む近衛兵がいて主君のために戦いました。ところが、やがて王の支配が全国に広がり、「王」が「天皇」と呼ばれるようになると、官僚機構が必要になってくる。それが律令制の時代です。法律にしたがって政治をするようになる。そうした法律にのっとって政治をおこなったのがまさに「官《つかさ》」でした。

第一章で、大宝律令がつくられた七〇一年（大宝元年）が時代の大きな転換点だといったのはそういう意味です。

そう考えると、「派遣する」王と「指す」官のあいだには大きなちがいが見えてきます。王は勅旨をもって津麿なら津麿という個人を「派遣」します。ところが、官の時代になると、特定の個人を派遣するというより顔の見えない不特定多数を「指して」どこかに送りこむようになる。戦争中の日本では、ある日突然、役所から一枚の赤紙がきて召集され、軍隊に入れば兵士は個人ではなく員数として扱われましたが、そうした無名性が官の時代の特徴です。

ひとことでいうと、官の時代より王の時代のほうが人間の血がかよっていました。そうだとすれば、前にあげた三八六〇番と三八六四番はまったく思想のことなる歌だということになります。両者のあいだには、王による派遣という古代王制から官による指名という律令制への移行と、それにともなう意識の変容があるはずです。

憶良はいうまでもなく官僚でした。しかも、たいへん律儀な人でしたから、当然のごとく「官による指名」派だったと思います。とすると、「大君の遣《つかは》さなくに……」という三八六〇番の歌は、荒雄の事故があったあと民衆のあいだでうたわれるようになった歌ではないかとも考えられます。それにたいして、官の時代に生きた憶良が書き改めたのが三八六四番の「官こそ指しても遣《や》らめ……」の歌ではないか。

ともかく、官から指名があったら仕方ないと考えるのが憶良です。そこにはやはり憶良の「公」意識が色濃く見られます。

矛盾に苦しめられた人生

そういったからといって、すっきりと気持ちが割り切れるわけではないのが憶良という人です。かれはいつも矛盾をかかえています。そこでわたしは、最初に書いた憶良論のタイトルを「相克と迷妄」としました。右すべきか左すべきか、いつも心のなかで争い、そして迷いに迷う。だれでも多かれ少なかれ、そういうところがありますが、憶良の場合はそれがはなはだしい。しかもそうした矛盾相克を最後の最後まで手放さなかったから、苦しい。そういう雁字《がんじ》がらめのなかで七十四年間生きて亡くなったのが憶良という人でした。

そんな憶良と対照的に「官」というものを了解できたのが家持です。

巻十八の四〇九四番にほんとうに長大な長歌があります。七四九年（天平二十一年）、大仏さまに塗る黄金が国内で初めて発見されたとき、聖武天皇がだした長い詔書のなかに大伴氏の忠誠・功績について言及した箇所がありました。それに感激した家持がつくった長歌です。その後半に有名なフレーズがでてきます。

海行かば　水浸《みづ》く屍《かばね》　山行かば　草生《む》す屍　大君の　辺《へ》にこそ死なめ　顧《かへり》みはせじと言立《ことだ》て……

海で戦ったならば水に浸かる屍となる。山で戦ったならば草が生える屍になる。たとえそうなろうとも、大君のかたわらで死のう。けっしてわが身を振り向くまい――という内容です。その前に家持が何といっているかというと、「大伴の　遠つ神祖《かむおや》の　その名をば大来目主《おほくめぬし》と　負《お》ひ持ちて　仕へし官《つかさ》」とありますから、家持も「官」ということをひじように意識していたことがわかります。

もっとも、家持における「官」とは自分が自分であることを確認する材料でした。なぜなら祖先以来、大伴氏が背負ってきた役割こそが、ただちに「官」だったからです。そしてその役割とは何かといったら「大君の辺にこそ死なめ」という思いです。すなわち、天皇のかたわらで死ぬこと。いいかえれば、家持は祖先伝来の役割を律令制のなかにもちこんで「官」と考えたのですから、「官」と「大君」は対立しません。完全に一致する。だから家持における「官」はかれを元気づけ、安らぎを与えてくれた。

しかし、渡来人の憶良にはそういう芸当はできません。憶良は自分の血のなかに大君を感じることがなかったからです。そういう根っこがない。そうすると、「官」というものもなにか冷たい組織と感じられてくる。そこに安住することができない。あいかわらず「相克と迷妄」がつづき、そこから脱しきれない憶良の姿が浮かび上がってきます。

組織に属する悲しみ

もうひとつ、見ておきたい作品があります。「敬《つつし》みて熊凝《くまこり》の為に其《そ》の志を述べたる歌に和《こた》へたる六首并せて序」（巻五・八八六〜八九一）です。

題詞によれば、肥後国《ひごのくに》（いまの熊本県）から相撲の使いの従者として都へ向かっていた十八歳の熊凝という人が、安芸国《あきのくに》（いまの広島県）で病気で死んでしまった。そこで憶良が哀悼の歌を六首つくったとあります。失礼ないい方をすれば熊凝は一介の青年です。しかも肥後国の人ですから、他国の人です。そうであっても、公務についている人が殉職に近いかたちで亡くなると哀悼歌をつくる。憶良がいかに公務を重んじる人であったかがわかります。
この哀悼歌は「和へたる六首」ですから、その前に別の歌があります。それが麻田陽春《あさだのやす》のつくった「大伴君熊凝《おほとものきみくまこり》の歌二首」です。この人は、第一章でふれたように父親が百済からやってきた渡来人です。このときは大宰府の大典《だいてん》（次官）をしている。憶良と麻田陽春の境遇はひじょうに似ているから、ふたりは親密な仲だったと考えられます。その麻田陽春が熊凝の志を述べた歌をつくった。

国遠き道の長手《ながて》をおほほしく今日や過ぎなむ言問《ことどひ》もなく　（巻五・八八四）
朝霧《あさぎり》の消易《けやす》きあが身他国《ひとくに》に過ぎかてぬかも親の目を欲《ほ》り　（同・八八五）

前の歌は――国を遠く離れた長い旅路の途中で、心もいぶかしく、きょう命が終わるのだろうか、親が声をかけてくれることもなく。
次の歌は――朝の霧のように消えやすいわが身だが、他国では死にきれない。親に会いたいことよ、といっています。
麻田陽春の歌の中心は、熊凝が何を悲しいと考えたかというところにあります。他国での死がなぜ悲しいかというと、肉親から離れたところで肉親の知らぬ間にひとり死ぬから

です。それをうけて、憶良も長歌のなかで、

たらちしや　母が手離《はな》れ　（中略）　国に在らば　父とり見《み》まし　家に在らば　母とり見まし　……　（巻五・八八六）

とよんでいますから、おなじ趣向です。

しかし、憶良の意識のなかには新しい思いが加わっています。それは何かというと「都」です。

うち日さす　宮へ上《のぼ》ると　たらちしや　母が手離れ　常《つね》知らぬ　国の奥処《おくか》を　百重山《ももへやま》越えて過ぎ行き　何時《いつ》しかも　京師《みやこ》を見むと　思ひつつ　語らひ居《を》れど　己《おの》が身し労《いたは》しければ　……　（巻五・八八六）

早く「京師《みやこ》」を見たいと友だちと話していた。ところが都へ向かう途中で病気になってしまった、といっています。

国を離れるということは「都を見る」ということなのです。憶良は「鄙《ひな》」対「都」とい

う対立のなかに熊凝を置きました。都を見たいと思わなければ家にいられる。当然、お父さんお母さんにみとられながら死ぬことができたはずです。ところが、都が見たいと思ったばかりに旅立って、途中で死んでしまう。そこに無念が残る。

ここにも「官」にたいする憶良の意識が見られます。官とは「都」なのです。熊凝だって都を見たいと思ったから客死した。しかし、それは官であれば仕方がない、という思いが憶良にはあったと思います。組織の制約、ひとつ機関のなかに所属することの悲しみ、そういうものを憶良はもっていました。それが、いまも昔も変わらない公僕の悲しみだと思います。

第六章　貧乏の悲しみ

かくばかり　術《すべ》無きものか　世間《よのなか》の道　（巻五・八九二「貧窮問答の歌」）

これほどに逃れる術はないものか。世の中の道理とは。

憶良には「貧」の思想があった。「貧」をひとごとではなく、われとわが身にかかわることとして考えようとした。

「貧乏」をうたった特異な歌人

「貧窮問答《びんぐもんだふ》の歌」（巻五・八九二）は、前述のようにきわめてユニークな作品です。よみ方は「ひんきゅうもんどう」ではありません。「貧窮」を「びんぐ」とよむのは呉音です。「ひんきゅう」というのは漢音。万葉時代は呉音でよむのがふつうですから、「びんぐもんどう」とよむべきです。また、仏教の経典でも「びんぐ」とよみます。憶良は仏教にも造《ぞう》詣《けい》の深い人でしたから、ここは絶対に仏典にもとづいて「貧窮《びんぐ》」ということばを使ったのです。

「はじめに」で紹介しましたように、「貧乏」というテーマは、憶良以外に万葉歌人のだれひとりとりあげていません。また、近代にいたるまで、のちの歌人もほとんどうたっていません。

細かくひろっていけば、幕末の橘曙覧《たちばなのあけみ》の「独楽吟《どくらくぎん》」などに「貧乏」は描かれていますが、じつは主題は独楽にあります。

やはり、「貧乏」をテーマとする作品は、近代以降になります。近代に入ると俄然《がぜん》、貧乏が文学者の身上《しんじょう》のようになってきます。明治から昭和初期にかけて、自分がいかに貧乏であるかということを書けば小説が成り立つような時代がありました。私小説がそうです。斎藤緑雨《さいとうりょくう》という名前を耳にしたことがありますか。この人は「筆は一本、箸は二本」

といっています。一本の筆でどうしてめしを食えるか（つまり、二本の箸に太刀打《たちう》ちできるか）、といっています。だから作家は貧乏なんだ、というのです。貧乏を訴えた作家としては樋口一葉もよく知られています。一葉は「にごりえ」「たけくらべ」といった小説もいいけれど、日記がいいですね。日記も文学として書いていたからだと思います。たとえば一八九四年（明治二十七年）三月の日記にはこんな趣旨のことが記されています。「わたしにはお金がないので、この世に生きる手立てがない。食事もろくにとれないので、ものを書いているうちにいつの間にか眠ってしまう。こんな調子では空しい名前を野にさらすことになるだろう」と。「万代《よろづよ》に語り続《つ》くべき名は立てずして」とよんだ憶良に通じる述懐です。日記のなかからそういう箇所を選んでよんでいくと、ほんとうに樋口一葉の心情がわかっておもしろいと思います。

そうした長い日本文学の流れのなかにおいてみると、憶良の「貧窮問答の歌」は独特の地位を占めています。本章では、このユニークな作品がなぜ生まれ、どのような心の痛みを示しているのだろうか、ということを見ていきます。

「貧窮問答の歌」をよむ

まずは、「貧窮問答の歌」をよんでみましょう。

風雑《まじ》り　雨降る夜《よ》の　雨雑り　雪降る夜《よ》は　術《すべ》もなく　寒くしあれば　堅塩《かたしほ》を　取りつづしろひ　糟湯酒《かすゆざけ》　うち啜《すす》ろひて　咳《しはぶ》かひ　鼻びしびしに　しかとあらぬ　鬚《ひげ》かき撫でて　我《あれ》を措《お》きて　人は在らじと　誇ろへど　寒くしあれば　麻衾《あさぶすま》　引き被《かがふ》り　布肩衣《ぬのかたぎぬ》　有りのことごと　服襲《きそ》へども　寒き夜すらを　我よりも　貧しき人の　父母は　飢《う》ゑ寒からむ　妻子《めこ》どもは　乞ふ乞ふ泣くらむ　この時は　如何《いか》にしつつか　汝《な》が世は渡る

天地《あめつち》は　広しといへど　吾《あ》が為《ため》は　狭《さ》くやなりぬる　日月《ひつき》は　明《あか》しといへど　吾《あ》が為は　照りや給はぬ　人皆か　吾《あ》のみや然る　わくらばに　人とはあるを　人並に　吾《あれ》も作《な》れるを　綿も無き　布肩衣《ぬのかたぎぬ》の　海松《みる》の如《ごと》　わわけさがれる　襤褸《かかふ》のみ　肩にうち懸け　伏廬《ふせいほ》の　曲廬《まげいほ》の内に　直土《ひたつち》に　藁《わら》解き敷きて　父母は　枕の方《かた》に　妻子《めこ》どもは　足《あと》の方《かた》に　囲《かく》み居《ゐ》て　憂へ吟《さまよ》ひ　竈《かまど》には　火気《ほけ》ふき立てず　甑《こしき》には　蜘蛛《くも》の巣懸《か》きて　飯炊《いひかし》く　事も忘れて　鵺鳥《ぬえどり》の　呻吟《のどよ》ひ居《を》るに　いとのきて　短き物を　端截《はしき》ると　云へるが如く　楚《しもと》取る　里長《さとをさ》が声は　寝屋戸《ねやど》まで　来《き》立ち呼ばひぬ　かくばかり　術《すべ》無きものか　世間《よのなか》の道

世間《よのなか》を憂《う》しとやさしと思へども飛び立ちかねつ鳥にしあらねば　（巻五・八九三）

訳すとこのようになります。

風と雨。そこに雪までまじる。どうしようもなく寒い夜だ。だから、岩塩をとってふくみながら糟湯酒――酒粕をお湯に溶かした安い酒。先ほどいった「貧」の象徴としての酒――それをすすりながら咳《せき》をする。鼻もグズグズする。髭《ひげ》まで貧相――ちょび髭か、うす髭だ。それでも自分以外に立派な人物はいまいと威張《いば》ってはみるものの、やはり、寒いから麻の衣を引っかぶる。そんな寒い夜、自分より貧しい人に思いを馳せる。お父さんやお母さんは飢えて寒がっていることだろう。妻や子は食べ物や着る物をほしがりながら泣いているにちがいない。そのときおまえはどうしているのか。

天地は広いのに、どうして自分はこんなに世間を狭く生きなければならないのだろう。人はみなそうなのだろうか。自分だけこうなのだろうか。たまたま人間として生まれてきたのだから、もっと恵まれてもいいのではないか。別に怠けているわけではなく、みんなとおなじようにわたしも生業《なりわい》に励んでいるのに。綿など入っていない布肩衣は、海藻のようにボロボロにぶら下がっている。潰《つぶ》れかかったような家のなかの地面に直《じか》に藁を敷いて、両親は枕のほうに、妻や子は足もとにうずくまっている。みんなが悲しみのうめき声を立てている。かまどで火を焚《た》いたことは絶えてないから蒸し器には蜘蛛《くも》の巣が張っている。飯を炊くことも忘れて、ぬえ鳥のようにうめくように鳴く。すでに短くなってしまったものの端を切るというように、むちを持った村長が家の戸口まで来て、何回も働け働けと怒鳴り続けている。このように、どうしようもないものが世の中の道理というもんだろうか。

世の中をつらい、自分を恥ずかしいと思うが、鳥ではないから飛び立ってこの世を棄《す》てることができない。

貧窮問答の「雪」はソウルの雪

冒頭をもう一度、よんでみましょう。

風雑《まじ》り　雨降る夜《よ》の　雨雑り　雪降る夜《よ》は　……

風に混じって雨が降る夜は、同時に雨に混じって雪も降る。みぞれのようなものがびじょびじょ降っている。そんなみぞれのような雪は『万葉集』のどこをさがしてもでてきません。きわめてめずらしい表現です。

万葉歌人が雪をどう見ていたかというと、雪は当時の人にとってうれしいものでした。雪が豊年の徴《しるし》だったことも理由のひとつです。雪が降ると地中の害虫が殺されてしまうから秋には豊作になる。そこで雪を尊び、雪を愛《め》でた。雪とはそういうものでした。

そういうなかで憶良は、今夜はびじょびじょのみぞれだとうたう。かなり変わっています。

こんなふうにびじょびじょ降る雪は京城《けいじょう》の雪に似ている、といったのが前述の高木市之助先生です。京城というのは現在のソウルです。高木先生は戦前、京城大学に勤めていらっしゃっていましたから、憶良のこの歌をよんでピンときたのだと思います。高木先生のそんな指摘をして、憶良が韓国生まれの渡来人だというわたしの説の補強をしてくださいました。

渡来人・憶良はほかの万葉歌人とはちがった目で雪を見つめていたのです。では、雪を通して何を見ていたか。やっぱり、祖国を幻視していたのではないでしょうか。

第三章であげた「梅」も「天の川」も、またこの「雪」も、祖国への憧れを表現しているということになると、憶良は実際には日本にいながら心のいちばん奥のところで「幻風景」としての「原風景」を夢に見ていたのではないかという気がしてきます。

偶然かもしれませんが、憶良は都で役人生活をしたあと、伯耆国（いまの鳥取県）と筑前国（いまの福岡県）へ国司として赴任していますが、伯耆国では一首も歌をつくっていません。自然に関心をひかれない憶良はそこの風土をよむ気にならなかったのだと思います。国司として越中国《えつちゅうのくに》（いまの富山県）に赴任すると越中の自然ばかりよんでいた家持とはきわめて対照的です。

「日や月は明るいのにどうして」

「鬚《ひげ》かき撫でて　我《あれ》を措《お》きて　人は在らじと」は当時、男はみな髭をはやしていましたから、その髭がないのは貧相な状態です。そのようなあるかなきかの髭をかきなでて、「おれ以外、立派な人間はいない」と思っている。志だけは高いのです。だけど、やはり寒い。これが「貧」だというのです。「貧」に甘んじるためには志が高くなければいけないのです。

「麻衾《あさぶすま》　引き被《かがふ》り」は寒いから麻の衣を引っかぶる。「布肩衣」というのは肩にかかるだけの衣です。それを「有りのことごと」ですから、ありったけ重ね着する。ということは一枚だけではありませんから、多少の余裕はあるのです。

「寒き夜すらを　我よりも　貧しき人の」は「窮」すなわち、より貧しい男に問いかける。

そこで今度は「汝」と呼ばれた男が答えるのです。

しかし、その前に憶良特有の理屈が入ります。

「天地《あめつち》は　広しといへど　吾《あ》が為《ため》は　狭《さ》くやなりぬる　日月《ひつき》は　明《あか》しといへど　吾《あ》が為は照りや給はぬ」は、天地は広いのにどうして、日や月は明るいのにどうして──こんなことを考えること自体、インテリといえます。ほんとうに貧しい農民はこんなことはいいません。これが憶良に特有な理屈です。

「人皆か　吾《あ》のみや然る　わくらばに　人とはあるを　人並に　吾《あれ》も作《な》れるを」も同様で、ここまでが理屈です。

そして、やっと事実がきます。

綿など入っていない布肩衣は、海藻のようにボロボロにぶら下がっている。ここは衣食住のうちの「衣」の描写です。

次は「住」です。「伏廬《ふせいほ》の　曲廬《まげいほ》」というのはもはや潰れかかった家。床などありません。竪穴式の住まいで、地面の上に直に藁を敷いてあるだけ。両親は枕のほうに、妻や子は足もとにうずくまっている。主《あるじ》を真ん中にして、みんなが悲しみのうめき声を立てている。

かまどで火を焚いたことは絶えてないから蒸し器には蜘蛛《くも》の巣が張っている。ここは

「食」についての描写です。

ぬえ鳥は「ニュー、ニュー」といって鳴きます。ほんとうにうめくように鳴く。「いとのきて　短き物を　端截る」というのは、すでに短くなってしまったものの端をさらに切ることですから、傷口に塩をすりこむようなものです。

するとそこへ、むちを手にした村長が家の戸口までできて、「立ち呼ばひぬ」。「ひぬ」というのですから一回ではなくて何回も「働け、働け」と怒鳴りつづける。このように、どうしようもないものが世の中の道理というものなのだろうか。

「貧」をとりあげた思想的背景

憶良が「貧窮問答の歌」をよんだのは、七十三歳のとき、死の前年のことでした。

当時、憶良はほんとうに貧乏だったのかというと、けっしてそのようなことはありません。ほんとうに貧乏だったら「貧乏」なんていうことばは口にしないでしょう。どうするかというと、笑う。笑うことが貧しい現実から人間を救い出します。それが人間です。

「貧窮問答の歌」をつくったからといって、憶良が貧困にあえいでいたと考える必要はありません。いいかえると、みずからが極貧のなかにあって私小説的に「貧」をうたったのではない、というのがひとつのポイントになります。

自分は貧乏ではないのですから、ふつうであれば、貧乏を口にする必然性はありません。それにもかかわらず「貧窮問答の歌」をつくった憶良にはなにか「貧」の思想があったのではないでしょうか。しかも、「貧」をひとごとではなくて、われとわが身にかかわることとして考えようとしたのではないか。

そうすると、その「貧」とは何かという問題になります。

ひとつには、仏教の影響があげられます。

仏典では「貧窮」ということばがよく使われています。そして「貧窮」は人間の苦しみのひとつとして言及されています。

わたしの理解するかぎり、仏教は「原点」に立脚した思想を説きます。原点ですから、ゼロです。いわば、「ゼロの思想」です。それはどういう意味かというと――人間には苦しみがたくさんあります。お金がない、病気だ、早死にする、人間関係はわずらわしい……。仏教は人にそうしたことを悟らせて、原点に突き落とします。

原点の人間はたとえば「1＋1」の答えを知りません。そういう人が「1＋1＝2」だと知ったらどうなるか。ものすごい喜びを感じるはずです。「1＋1＝2」というのは単なる例ですが、そのように原点の人間は丸裸で何も知りません。そんなとき「1＋1＝2」なんてバカでも知っているよ、といったら驕《おご》りです。驕りの心に喜びは芽ばえません。

人間は原点に立ちかえったとき、かえって喜びを感じられるようになる。それが仏教の考え方だと思います。「人間って、こんなにいいもんだよ」と思っていたら、どんどん原点から離れてしまいます。逆に、「つらいよ」「たいへんだ」と思っていれば、ほんのちょっとした出来事にめぐりあったとき、心が躍る。フランスの哲学者ベルクソンのことばを借りれば「エラン・ヴィタール（生命の躍動）」を感じる。そんなふうにして仏教はささやかな喜びを尊重する精神を教えます。

そうした原点のひとつが「貧」なのです。いわば憶良は仏典から示唆をうけ、「貧窮」を考えようとしたと理解することができます。

二番目の理由は「貧窮問答」の左注から推測できます。

そこには「山上憶良頓首《とんしゅ》謹みて上《たてまつ》る」とあります。すると、「貧窮問答」はただ単につくっただけではなく、それをだれかに献上したのです。だれであるかは記されておりませんが、「頓首」というのは首を長く差しだして頭を地につけることですから、相手がたいへん偉い人であったことはまちがいない。わたしは、それは丹比県守《たじひのあがたもり》という人ではなかったかと考えています。憶良とわりあい仲のよかった人で、当時は参議でした。

左大臣、右大臣、大納言、中納言などは「議政官」と呼ばれて閣議をつかさどっていました。その閣議に参加できる最末端の官僚が参議です。したがって、左大臣や右大臣ほど偉くはないけれど、かなりの高官です。さらに、丹比県守は民部卿《みんぶきょう》でした。民部省のトップですから、いまでいえば総務省の大臣でしょうか。民衆の暮らしの担当者ですから、当然貧富ということには関心があったはずです。かれはまた山陰道節度使《さんいんどうせつどし》でした。「節度使」は臨時に地方に派遣されて軍事や民政を見まわる役目ですから、これはいまでいえば地方行政の監視役です。

そこで憶良は、参議にして民部卿であり節度使でもあった丹比県守に、人民がいかに窮乏をきわめているかということを訴えたと見ることができます。丹比県守が山陰道節度使として出発するとき「貧窮問答」を献上したのではないか。これが、憶良が「貧」をとりあげた二番目の理由です。

三番目は、かれの仕事から類推できます。憶良は中央の官吏としてデスクワークだけをやっていたのではありません。前述したように、まずは伯耆国、次は筑前国へ行って県知事を歴任しています。地方官の大きな目的はその土地の収穫高をアップさせ、税金をたくさん取れるようにすることでしたから、そのためには直に民衆の生活を見聞きしなければならない。民情に通じていなければいけない。これが三番目の理由になると思います。

中国の詩人・陶淵明の影響

四番目の理由は、中国の詩人・陶淵明の影響です。四世紀の六朝《りくちょう》時代、東晋《とうしん》という国の人ですが、『万葉集』自体、六朝時代の影響を強くうけています。

中国には『文選《もんぜん》』とか『玉台新詠《ぎょくだいしんえい》』という文集、詩集があります。いずれも六朝時代の作品で、『文選』はきわめて晴れがましい、おもての文芸のアンソロジーです。『玉台新詠』は反対に、恋愛をうたったり日々の生活をうたったりした詩を集めたもの。ハレとケでいえば、『文選』はハレ、『玉台新詠』はケの文集です。

『万葉集』はその影響をたくさんうけていますから、憶良が陶淵明の影響下にあるのも当然です。ちょっと、それを見ておきましょう。

「貧窮問答」は問いと答えの形をとっています。「貧」というのは貧しいこと。もっと貧しいのが「窮」です。「貧」という字は、貝を分けると書きます。貝はお金という意味ですから、それを分けてしまうとお金がない状態。「窮」という字は、穴のなかに身（体）を入れて弓を引こうとしている状態をあらわしています。ぎゅうづめの満員電車のなかにいるようなものですから、ひじょうに困った状態をさしています。したがって「貧窮問答」は、ちょっと貧しい人ときわめて貧しい人の問答だといえます。そう思ってよむと、歌の前段が「貧」で、後段が「窮」になっています。

こうした問答体はたいへんめずらしい構成です。しかし、中国にそうした例がないわけではない。それが陶淵明の「形影神問答《けいえいしんもんどう》」です。「形」と「影」とが問答する五言六十五句の長篇詩です。「神」は何かというと、ジャッジする審判者です。ひじょうにおもしろい作品です。

われわれは影を失うことができません。蛍光灯の下でだって影ができます。生身の形が動けば影も動く。でも、形そのものではない。影というのはふしぎな存在です。そうした形と影に向かって神（精神）が「ああだ、こうだ」というのが「形影神問答」です。憶良はそんな問答体をまねたのではないかと思います。

また、初唐には盧照鄰《ろしょうりん》という漢詩人がいて、憶良によく似た作品を書いています。憶良は遣唐使として中国へ渡ったとき、盧照鄰の作品をよんでいたかもしれません。

そう考えたわたしは若いころ、「憶良は陶淵明の影響を強くうけている」という趣旨の論文を書いて、中国文学の大家にその抜き刷りを送ったことがあります。するとその人は、『万葉集』に陶淵明の影響はない。わたしの全集の第何巻何ページを参照せよ」という返事を送ってきました。にべもなく否定されてしまったのですが、それでもわたしは憶良における陶淵明の影響を信じていましたから、冗談めかしていえば、まさにガリレオ・ガリレイの心境でした。「それでも地球は回っている」と。

「栄達」と「貧窮」は生き方にかかわるテーマ

五番目の理由は、「貧」というテーマ自身から考えることができます。

当時は、すべてのお手本は中国でしたから、中国で「貧」とは何かということを見てみると、ひじょうに大事なテーマのひとつであることがわかります。なぜなら中国では「貧」は男の生き方にかかわる問題だったからです。

「貧窮」の対義語は何でしょう。「栄達」です。中国の人が「おれは貧乏だ」というと、「おれは栄達していない」「甲斐性《かいしょう》なしだ」という意味になります。あくまでも中国の話ですが――男の男たるゆえんは「栄達」を遂げることだと考えられていました。それゆえ中国では、「貧」はたいへんな悪徳です。単にお金がないだけではなく、男子の価値にかかわる問題でした。

さて、憶良は、男すなわち「士《をのこ》」というものをものすごく意識していた人です。その点、きわめて窮屈な生き方をした人ですが、同時に、中国の倫理観をいかにもわが倫理観として生きた人でした。

ところで、日本には「清貧に甘んじる」といういい方がありますが、中国においても同様に栄達にたいする批判がありました。栄達は汚辱にまみれている、空しい、という見方です。そうした見方に立つと、栄達は一転、悪徳になってしまいます。げんに、白楽天《はくらくてん》の詩「凶宅《きょうたく》」はこんなふうにうたっています。――高位高官にのぼりつめても、死んでしまったら、家には住む人もなくヨモギがいっぱい生い茂り荒れ果てるだけである、と。栄《えい》耀栄華《ようえいが》を遂げた人が亡くなり、あとに空しく残った家のことを「凶宅」とよんでいます。

そうした見方からすると、貧乏は「悪徳」とばかりはいえません。じっさい、陶淵明のように位よりも志の高さを選んだ詩人もいれば、「述志《じゅっし》」の伝統にしたがって、時の政府を批判したため、追放あるいは死刑に処された詩人も少なくありません。自分の志を実現できないから宮仕えをやめた人たちのことを「隠士《いんし》」といいますが、その代表的な七人組が「竹林《ちくりん》の七賢《しちけん》」です。栄達など考えない賢人たちが竹林のなかで清談する姿にはやはりすがすがしいものを感じます。

陶淵明も「帰りなん去来《いざ》／田園将《まさ》に蕪《あ》れなんとす　胡《なん》ぞ帰らざる」（「帰去来の辞」）とうたっています。そこで故郷に帰ることを「帰去来」ということが流行するようになりますが、わが国の北原白秋もふるさとの柳川（福岡県）へ帰りたいと思ったとき「帰去来」という詩をつくっています。憶良の「いざ子ども早く日本《やまと》へ……」（巻一・六三）の原文も「去来子等　早日本邊……」。こういうところにも陶淵明の影響がうかがわれます。

では、どこからふるさとへ帰るのかというと、いうまでもなく、宮仕えをしていた都から、です。サラリーをもらうためには節操を売らなければいけない。不愉快なことも耐え忍ばなければならない。要らざるおべっかも使わなきゃいけない。そんな生き方は嫌だから、宮仕えをやめてふるさとに帰ろうというのです。帰れば「貧」が待ちうけているかもしれない。しかし、あえてその「貧」のなかで余生を送ろう、というのが「帰去来」の精神です。

このように、中国人にあって「栄達」と「貧窮」は、人間の生き方にかかわるきわめて重大なテーマでした。

人間は地上につなぎとめられている

当然、憶良における「貧」も人間としての自覚につながっています。そうであれば、現代のように「貧」ということをいっさい考えない生き方はひじょうに浅いところで無自覚に生きることだと、いえるかもしれません。少なくとも憶良は、そういう意識をもって「貧窮問答の歌」（巻五・八九二）をつくっています。

「貧窮問答の歌」によまれたような貧しい農民の姿は、すこし前まで赴任していた伯耆国や筑前国で憶良が直接目にしたものだと思います。筑前はそれほどでもありませんが伯耆国は貧しいところでしたから、こんな光景が見られたはずです。

最後の短歌です。

世間《よのなか》を憂《う》しとやさしと思へども飛び立ちかねつ鳥にしあらねば　（巻五・八九三）

世の中をつらいと思う。これはいいんですが、問題は「やさし」ということばです。第三章でお話ししたように、「やさし」というのは自分が恥ずかしいという意味です。こんな生活しかできないのは男として恥ずかしい、といっているのです。ということは、一方ではやっぱり「栄達」への思いもあるのです。陶淵明のように「固窮の節」（困窮しても節を曲げない精神）や「故轍《こてつ》」（昔ながらの志）を守ろうとする一方で、「栄達」への思いも棄てがたい。

前にも指摘したことですが、右とも左とも決めかねる、というところに憶良の特徴があります。物事を単純に割り切ったり、達観したりできる人ではなかったのです。だから生や世の中に執着したのでしょうが、しかしそれゆえに生の悲しみをうたうことができたのだ、という見方もできます。

先の短歌にある「自分は鳥ではないから飛び立ってこの世を棄てることができない」という述懐も、憶良のそうした思いにつながってきます。

そもそも古代人にとって「鳥」とは霊魂の象《かたち》でした。天涯に飛びさり、また飛びきたる鳥は現実と異界をつなぐ存在と考えられていました。そして、大空を軽やかに飛びまわる鳥とは逆に、人間は地上につなぎとめられている。そこで呻吟《しんぎん》しなければならない。生老病死《しょうろうびょうし》も、いま問題にしている「貧」も、たった一点、人間が翼をもたないがゆえに生じる問題なのだと、嘆いているように見えます。

「鳥のように自由に飛ぶ」ことができない人間は、どこまでも大地の上を歩いて行かなければならない。そこにわれわれの苦しみや悲しさがあるのだ、と。

以上が憶良の「貧」の悲しみです。いかがでしょう、憶良はもの思いを残す作家ではありませんか。

第七章　病気の悲しみ

嗟《あ》乎《あ》媿《はづか》しきかも、我何の罪を犯してか、この重き疾《やまひ》に遭へる（「沈痾自哀の文」）

ああ、恥ずかしいことよ。一体何の罪によって私はこのような重病を得たのだろう。

憶良は病気になるのは恥ずかしいと考えた。恥ずかしくない生き方をしてきたからこそ、長生きを願った。

死が日常的だった万葉時代

万葉の時代は行き倒れの死者が大勢見られました。

行路死者がごろごろ転がっていたのですから、病気など運命だとあきらめてしまう。人間の命も虫けらの命もほとんど等しいのが、万葉の時代でした。当時は防人《さきもり》のように地方と都を往復したり、地方からさらに田舎へ行く人がいましたが、そんな人たちが行き倒れになっているのを見たら「手厚く葬りなさい」というお触れもでています。

そうした時代、人びとは死者にたいして何をしたかというと、死を悼んだ歌をつくりました。巻二には亡くなった人への哀悼歌がたくさん収録されています。

なぜ歌をつくって死者を悼んだのか、という疑問をもたれるかたがいるかもしれません。その説明をするときわたしは、「ちょうどわれわれが街のなかで霊柩車に行きあったようなものですよ」ということにしています。向こうから霊柩車がくると、わたしたちはちょっと手を合わせたり頭を下げたりします。なぜかわからないけれども、無視すると不幸になるとか、親を早く亡くす、という言い伝えがあります。万葉びとが死者を悼む歌をよんだのは、それに似たようなメンタリティ（心性）からだと考えていただくとわかりやすいと思います。歌は鎮魂《たましずめ》でした。

その意味でも、万葉時代に生きた憶良を考えるときは、いまのわれわれの意識をちょっとズラして、人間が病気にかかって死ぬのはそれほど特殊なことではなかった、日常ですらあった、という前提を置く必要があると思います。

三大テーマは「老い」「病」「愛」

憶良が病気をうたった作品はふたつあります。

ひとつが、第四章によんだ「沈痾自哀の文」。

もうひとつが「老いたる身に病を重ね、年を経て辛苦《たしな》み、及《また》、児等《こら》を思《しの》へる歌七首」（巻五・八九七～九〇三）です。ただし、八九七番の長歌には主題が三つあります。「老い」「病」、さらに子どもたちを思《しの》ぶというのですから「愛」。単独に病気をテーマにしているのではありませんが、まずこちらから見ておきましょう。

老いにてある　わが身の上に　病《やまひ》をと　加へてあれば　昼はも　嘆かひ暮し　夜《よる》はも　息衝《いきづ》きあかし　年長く　病みし渡れば　月累《かさ》ね　憂へ吟《さまよ》ひ　ことことは　死なと思へど　五月蠅《さばえ》なす　騒《さわ》く児《こ》どもを　打棄《うつ》てては　死《しに》は知らず　見つつあれば　心は燃えぬ　……　（巻五・八九七）

「老い」と子どもたちへの「愛」のあいだに挟まって「病」がでてきます。といっても、病気を細かく描写しているのではありませんから、どんな病状だったのかということはわかりません。長くわずらっていた、ということがわかる程度です。反歌のほうも、特別、病についてうたっているのではありません。したがってこれは病をうたった歌というより、憶良における三つの大きなテーマ――「老い」「病」「愛」を総括した歌であると理解したほうがよさそうです。

仮に憶良に「人間って何ですか」と尋ねたら――人間には老いの苦しみがある。また、病気をするのが人間だ。愛に心を引き裂かれるのも人間だし、もうひとつ加えれば、貧乏にうめくのも人間ですと、そんな答えが返ってくるのではないでしょうか。どうも付き合ってもおもしろそうな人ではありません。しかしその分、人生を深く考えていた、とはいえる。たいへんまじめな人だったとわたしは思っています。

『万葉集』のふところの深さ

いまふれた長歌と反歌が「老い」「病」「愛」を総括した歌だとすると、「病気の悲しみ」をよみとくべき作品は「沈痾自哀の文」ということになります。

その検討に入る前にちょっと脇道にそれると、詩でも歌でもない、単なる散文の「沈痾自哀の文」を載せているのは『万葉集』のふところの深さだと思います。『万葉集』の世界はものすごく広い。偏狭ではありません。

中国では文章を四つに分類して「経史子集」といいます。このいい方はランキングにもなっていて、「経」とよばれるものが最高の書物です。『詩経』『易経』『書経』……がいちばんの聖典。その次が「史」ですから『漢書《かんじょ》』『後漢書』『史記』などの歴史書。三番目が『老子』『荘子』『孟子』といった「子」です。四番目に初めて文学が登場します。しかも、その文学は「集」ですから、散文ではなく詩を集めたものです。中国で『〇〇集』というと、たいてい詩集です。

『万葉集』も詩（歌）を中心に集めているから「集」という名前がついています。わが国において、中国の漢詩にたいするものは和歌だと考えて、和歌を中心に集めた。枠を多少広げて、漢詩もあります。でも、この「沈痾自哀の文」は漢詩ではありません。漢文です。そういう文章までとりこんでいるところが『万葉集』の特質です。中国を「オーソドックス」とする価値観に立つと、こんなふうに散文がまじったアンソロジー（詞華集）は規範を逸脱しています。だから『万葉集』は邪道だと、悪口をいう人もいますが、わたしはそうは思いません。日本人にはそのほうが自然だからです。自然なのがいちばんいい。

わたしにいわせれば、『万葉集』はよくぞ原理原則にとらわれないで憶良の漢文を入れてくれたものだ、ということになります。そのおかげで、奈良時代の作品の全体像がわかるのですから。

ついでにいえば、奈良時代には漢詩だけを集めた『懐風藻』が編まれています。それでいながら、『万葉集』にも漢詩をどんどんとり入れている。そういうところにも日本のミックス文化――多様な文化の特徴があらわれているように思います。

七十四歳でなお長生きへの執着

第四章に紹介しました「沈痾自哀の文」から考えてみましょう。ここでは、憶良は病をどう考えていたか、という一点について見ます。

「沈痾」の「沈」は「重い」という意味です。「痾」は病気のことですから、重い病。元来、「痾」ということばには「病」よりも重い病気という意味がありますから、「沈痾」はとにかく重い病気、死に瀕《ひん》した病、という意味になります。

次の「自哀」は、みずから悲しむこと。

「哀」は同時に、中国における文章の形式をさしています。「誄《るい》」ということばがありますが、やまとことばでは「しのびごと」です。すなわち、亡き人をしのぶ文章。同様に、「哀」も死者を哀悼する文章です。しかし両者には多少のちがいがあって、「誄」は格調をもった正式な弔辞ですから、きちんと現場へ行って死者に奉じる。感情を述べるものではありません。ところが「哀」は、この人が亡くなって悲しい、という感情を述べる文章の形式です。

本文に戻りますと、「哀」ですから、だれかの死を悲しんだ文章ということになります。だれかといえば「自哀」ですから、自分です。つまりこの文章を書いたとき、憶良はすでに自分を死者に見立てているのです。きわめて特殊な「哀」文というべきです。

憶良がなぜそんな文章を書いたのかというと、中国に前例があるからです。それはまたしても陶淵明です。――自分のなきがらが棺《ひつぎ》に横たわっている。わが子は父を探して泣き叫び、友人たちは遺体にとりすがる。自分のなきがらはやがて野辺送りにされ、墓室に閉じ込められる。そういう詩があります（「擬挽歌詩」）。憶良はそれに学んでいます。

ひとこと付け加えておけば、折口信夫《おりくちしのぶ》の小説『死者の書』もおなじような設定になっています。死を賜《たまわ》った大津皇子《おおつのみこ》が死者になって横たわっている。すると、水が「した、した、した」と壁を伝わって落ちてくる音で目をさます、というのが冒頭のシーンです。

以上のことからもわかるように、憶良はみずからの病気（沈痾）を「死」に直結させて捉えていました。ということは、この「自哀文」はすでに結論がでてしまっている。つまり――自分としては長生きしたい。しかし長生きはできない。なぜかというと重い病にかかっているからだ。そういって、死んだも同然の自分を自分で哀悼しているのが「沈痾自哀の文」です。タイトル自身が全体を語りつくしています。

憶良はそれくらい「生」に執着していました。死ぬにも死にきれない人であったといいかえてもいいでしょう。

先ほどお話ししたように、この時代は日常の風景として死者がごろごろ転がっていました。そういう世界に生きながら、数え年七十四歳になっても長生きしたいと考えていたのが憶良です。だから、かれは考えた。——世の人はいろんな殺生《せっしょう》をしているのに健康に暮らしている。一方、自分は生まれたときからずっと仏も神も祈りつづけてきた。それなのになぜこんな重病にかかってしまったのか、と七七ページで紹介しましたように、第一段落の末尾にこのようにあります。

嗟乎《ああ》媿《はづか》しきかも、我何の罪を犯してか、この重き疾《やまひ》に遭へる。

「恥ずかしい」というのはどういう気持ちでしょうか。憶良は「媿」という字を使っていますが、これは慙愧《ざんき》の「愧」とおなじ意味です。仏教的概念による「恥ずかしさ」です。自己の存在にかかわる恥ずかしさといってもいいでしょう。

かれは、長生きできないのは恥ずかしい、病気になるのは恥ずかしいと考えていたのです。ですから、単純に長生きを願っていたのではありません。人から嫌われようと何しようと、ただひたすら長生きしたいと思ったのではなく、長生きすることはすなわち、恥ずかしくない生き方だから長生きを願ったのです。しかし、どうもこれ以上長生きできそうにない。

仏教思想の根幹には因果応報の観念があります。原因があるから結果がある、という考え方です。これはすごく安心です。原因がわかっているなら、そこを直せばいいからです。ところが原因がわからないのにこういう結果がある、というのはものすごく不安です。なんだかわけがわからないのにこうなった、というのは不安に駆られます。百人一首にある曾禰好忠《そねのよしただ》の歌、「由良《ゆら》の門《と》を渡る舟人《ふなびと》かぢを絶えゆくへもしらぬ恋のみちかな」がそういう心境をうまく表現しています。梶《かじ》をなくした舟が海の上でゆらゆら揺れているような不安感。そんな底無しの不安感に襲われる。

殺生をしている人たちは病気になっていないのに、修善を積んでいる自分のほうが重い病にかかっている。これはいったいどうしてなのか。なぜなのか。まさに因果律が崩れてしまった。だからこそ、その原因を知りたいと、かれはずっと考えつづけます。

ふたつのことが考えられます。ひとつは、自分で気がつかないまま悪いことをしているケース。もうひとつは、因果律など存在しない場合です。このどちらかです。

仏教を信じている憶良は、因果応報を疑いません。ということは、自分がどこかで悪いことをしているにちがいない、ということになります。ここが第一段落の目の付けどころです。

病状と治療の体験報告

次は、自分がいかに苦しんでいるかということを書いています。いわば病状報告です。第四章で見たように、手足は動かず、関節は痛い。体も重い。天井から垂らした布にすがって立ち上がろうとするけれども、翼が折れた鳥のようなありさまだ。やっと立ち上がって杖をもって歩こうとすると、今度は脚をひいた驢馬《ろば》さながら。ここでは歩行困難による嘆きを述べています。それが憶良の自尊心を痛烈に傷つける。

かれにとっては人間の尊厳ということがものすごく大事なのです。先ほどの「恥ずかしい」という思いもそこに発しています。ひょっとしたら、自分は修善がたりなかったのかもしれない。われ知らずに殺生もしていたのだろうか。そうした思いは仏教を篤《あつ》く信じる人間にとっては恥ずべきことだった。

当然のこととして、かれはそんな状態から抜けだそうとします。生きる意志、病を克服しようという意志をもつ。それが第二段落にでてきます。

禍《あやまち》の伏す所、祟《たたり》の隠るる所を知らむと欲《ほ》りして、亀卜《きぼく》の門と巫祝《ぶしゆく》の室とを往きて問はざる無し。

「亀卜」も「巫祝」も占いです。亀の甲羅を焼いて占うのが、中国伝来の亀卜。巫祝というのは日本古来の占い師です。「巫」という字は、天に祈って天意をうけることを意味しています。天と地を意味する上の横棒と下の横棒のあいだに人という字がふたつあって、上下の棒を縦棒でつないでいますから、巫女《みこ》さんもその一人です。

そんなふうにして、あらゆる占い師のところへ行った。

その教ふる所に随ひ、幣帛《ぬさ》を奉《まつ》り、祈禱《いの》らざる無し。然れども彌《いよ》よ苦《くるしみ》を増す有り、曽《かつ》て減差《い》ゆる無し。

当時の医療であった占いに頼って生きようとしたけれども、全然効果がなかったといいます。これが治療体験報告になります。

「病は口より入る」という科学的な見方

第三段落はふたつのパートからなっています。

最初は、扁鵲《へんじゃく》とか張仲景《ちょうちゅうけい》といった名医のリストをあげ、

皆是世《みなこれよ》に在りし良き医《くすりし》にして除愈《いや》さざる無しといへり。件《くだり》の医を追ひ望むとも、敢へて及《し》く所にあらじ。若し聖医神薬に逢はば、仰ぎ願はくは、五蔵を割刳《かっこ》し、百病を抄探《せうたん》し、膏肓《かうくわう》の隩処《おくか》に尋《たづ》ね達《いた》り、二豎《にじゅ》の逃れ匿《かく》るるを顕《あらは》さまく欲《ほり》す。

名医の話は聞いているが、いまそうした名医を望むのはとうてい不可能であろうといいます。でももし、名医や霊薬にめぐりあえるならば、といってつづけます。「五蔵を割刳し、百病を抄探し」というのは外科手術のようなものです。体を切り開いてあらゆる病気をさぐりだし、病の根源をたずねあてたいといっています。

「二豎」ということばがでてきますが、これは「ふたりの子ども」という意味です。中国では、この二豎が膏肓に隠れんぼをするから病気になる、と考えられていました。「病膏肓《やまいこう》に入《い》る」ということばがありますが、「膏」は心臓の下、「肓」は横隔膜《おうかくまく》。ともかくも、

その二豎の隠れているところをつきとめたいというのです。これが憶良の科学的精神です。しかしながら、人には寿命があるから、だれひとり死を免《まぬが》れることはできない。

命根《いのち》既に尽き、その天年《よはひ》を終るすら、尚《な》ほ哀《かな》しと為す。何そ況《いは》むや、生録《せいろく》いまだ半《なかば》ならずして、鬼の為に枉《よこしま》に殺さえ、顔色《がんしょく》壮年にして、病の為に横《よこしま》に困《たしな》めらゆる者をや。世に在る大患の、いづれか此より甚しからむ。

天寿をまっとうしても人の死は悲しいのに、まして若死にするのは大きなわずらいといわねばならない、といっています。「生録」というのは寿命を記した帳簿ですから、その半ばにも達しないうちに亡くなるというのは若死にです。

ではなぜ若死にするかというと、「鬼の為に枉に殺さえ」とありますから、妖鬼《ようき》のせいだというのです。「鬼」というのは本来的には魂を意味しています。鬼という字に「云《うん》」という偏をつけると「魂」。「白」をつけると「魄」。合わせて「魂魄《こんぱく》」。簡単にいえば、霊魂です。つまり、鬼というのはふしぎな精神作用をさしています。ただし、けっしていい働きではない。まがまがしい働きをする。それが病や死をもたらす、とするのが中国の伝統的な考え方です。

そう記す一方、かれはまた別の原因をさぐって深入りしていきます。

「病は口より入る。故《かれ》、君子はその飲食《おんじき》を節《ただ》す」といへり。斯《これ》に由りて言はば、人の疾病《やまひ》に遇へるは、必《うつたへ》に妖鬼ならず。それ、医方諸家の広き説と、飲食禁忌の厚き訓《おしへ》と、知り易く行ひ難き鈍《おそ》き情《こころ》との三つの者は、目に盈《み》ち耳に満つこと由来《もとより》久し。

病は口から入るという教えがある。だから立派な人は暴飲暴食をしない。いまでもそういいますから、これはきわめて自然科学的な見方といっていいでしょう。したがって病気の原因はかならずしも妖鬼の働きだけではないという。ここまでがひとまとまりです。

ここまでのところを整理すると、

（一）鬼が働いて病気になるという大勢のお医者さんの説がある。

（二）飲食《おんじき》を節制しなさいという教えがある。

対立するふたつの考え方があるのですが、「人の疾病《やまひ》に遇へるは、必《うつたへ》に妖鬼ならず」というのですから、憶良はどうやら後者の考え方に立っているように見えます。

あいまいな幸せを棄てる生き方

そうであれば、病の原因の一端は解明できたことになります。先ほどの因果律の考え方にもとづければ、病気（果）の由来（因）がわかったのですから、そこを改めればいい。ところが憶良はこうつづけます。「知り易く行ひ難き鈍《おそ》き情《こころ》」は、「目に盈《み》ち耳に満つこと由来《もとより》久し」と。「鈍き情」ということばに注目してください。人間には、知りながらもおこないがたい俗情があるというのです。

飲食を節制するのがいいというのであれば、それをすぐ実行すればいいのに、人間にはそれをなかなか実行させない「鈍き情」がある。まさにそれが人間の人間たるゆえんだというわけです。

そこで人間的な煩悩に苦しむことになる。それが世の中の現状である、といっています。そこで結論（第三段落末尾）。

乃《すなは》ち知りぬ、我が病は蓋《けだ》しこれ飲食《おんじき》の招く所にして、みづから治むる能はぬものか、と。

ずっと考えてくると結局、自分の病はおそらく暴飲暴食とか偏食あるいは悪食《あくじき》が招いたものだ。しかしそうと知っても、食欲は人間性に根本のものであるから、すぐに棄て去ることはできない。憶良は教養がありますから、そうした心を「鈍き情」と呼んだのです。その意味で、「鈍き情」というのは憶良にとって決定的なことばだったといえます。自分は愚かだということ。これは卑下というより実感だったと思います。

考えてみれば、自分が愚かだと思うのは頭がいい証拠ではないでしょうか。頭が悪い人はたいてい、おれは賢い、と思っているものです。その点、思慮深い憶良は自分をじっと見つめて、自分には「知り易く行ひ難き鈍き情」があると正直に認め、「みづから治むる能はぬものか」、すなわち、自分からはどうしようもないものだとつぶやくのです。

そして、第四段落に移ります。

このあたりから憶良の関心は病から外れて拡大していきます。今度は何が問題になるかというと「生」です。そして生と密接に結びついている「命」。

かれは孔子のことば――「命《めい》に受けて、請益《しやうやく》すべからぬは寿《とし》なり」を引きながら、「生」の尊厳について言及します。

故《かれ》、知る、生の極めて貴く、命の至りて重きを。

孔子は、「天命によって定められ、乞い求めることのできないものは寿命である」といっている。だから、生とはきわめて尊くまた重いものだと。憶良も、人間は「命」というものを必然的に引きうけなければいけないというのです。そうであれば、長生きできないということも、また引きうけないといけないのですから、これでもう最後の最後の結論がでてしまった。

ひと言でいえば「おれは短命だ」という結論です。

憶良は時に七十四歳ですから、行き倒れも多かった当時にすればきわめて長命です。それでも「短命だ」というのは一見、欲が深いように見えますが、わたしは、欲が深いと解釈しないほうが憶良という人を正確に理解できるだろうと思います。なぜかというと、憶良は「生」の尊厳について考えているからです。

第四章で記したように、憶良は一度、「生きていられるのであれば鼠だっていい」と口走ったことがありました。しかし最後になって、「あんなことをいったのは恥ずかしかった」と、前言を撤回します。人間は尊厳をもって生きるべきだという考えだったので鼠にたとえたのは恥ずかしかったといっています。見方をかえれば、憶良はそれくらい「生」にこだわっていたといえます。それくらい必死に「命」ということを考えていた、と。

つまり、この人はあえてみずからのあいまいな幸せを棄てるのです。そしてとことん考えこむ。そのためにかえって不幸を背負い込んでしまう側面もありますが、しかし考えることによって諦念《ていねん》の境地に達することだってあるはずです。いいかえれば、考えることができるということ。思慮。その一点が憶良の救済ではなかったかと思います。

その意味では、「沈痾自哀の文」はきわめて孤独な文章だと思いますが、しかし、それゆえに今日につながるテーマをふくんでいるといえるのではないでしょうか。

第八章　老いの悲しみ

手束杖《たつかづゑ》　腰にたがねて　か行けば　人に厭《いと》はえ　かく行けば　人に憎《にく》まえ　（巻五・八〇四）

手に握った杖を腰にあてがい、あちらに行っても人から嫌われ、こちらにきても人から憎まれ。

どこへ行っても嫌われるという「老醜」。憶良がこのように「老い」を認識したというのはきわめて今日的である。

万葉時代の「老い」は恋愛からの卒業

前の章で、憶良の三大テーマは「老い」「病」「愛」だといいましたが、じっさい、かれほど執拗《しつよう》に「老い」を問題にした作家はいません。その点でも特異な存在ですが、しかし老いというのはいつの時代にあっても普遍的な問題ですから、ほかの万葉歌人がとりあげないわけではありません。そこでまず、『万葉集』のなかで「老い」は一般的にどのようにうたわれているのか、それを見ておきます。

有名なのは巻十にある「旧《ふ》りにしを嘆ける」と題された二首です。

冬過ぎて春の来《きた》れば年月《としつき》は新《あらた》なれども人は旧《ふ》りゆく　（巻十・一八八四）

冬が過ぎ、春がくると新しい年が到来するが、人はだんだん年をとってしまう。当たり前ではないかと思われるかもしれませんけれども、その次の歌はこううたっています。

物皆《ものみな》は新《あらた》しき良《よ》しただしくも人は旧りにし宜《よろ》しかるべし　（巻十・一八八五）

物は新しいほうがいいけれど、人間だけは古いのがいいというのですから、前の歌とはずいぶんちがいます。

そこで思い出されるのが、いまの二首のすぐ前にある「野遊《のあそび》」の歌四首（巻十・一八八〇〜一八八三）です。


春日野《かすがの》の浅茅《あさぢ》が上に思ふどち遊ぶ今日《けふ》の日忘らえめやも　（巻十・一八八〇）

野遊びというのはピクニックやハイキングの前身のような行事です。春、草木が萌え出すころ、男女が食べ物や酒をたずさえて野原にでかけて楽しみます。それは男女の出会いの場でもありましたから、当然、男女の愛もともないました。そこで野遊びは秋の豊作をあらかじめお祝いする行事（予祝《よしゆく》行事）と考えられていました。

男女が愛し合うのですから、主役は当然、若者です。そこで老人は老いを嘆くことになる。しかしその一方では――いや、人間は年寄りのほうがいいんだという主張もある。それが先ほどの一八八五番の「人は旧りにし宜しかるべし」という歌です。

「人間は年ごと老いてゆく」「いや、人間にかぎっては古いほうがいいのだ」というふたつの考え方をともどもパターン化してうたったのが「旧りにしを嘆ける」歌です。

古いのがいいのだというと、年寄りは年寄りとして有用でなければいけない。もちろん肉体力では若者にかてません。では老人の勝《まさ》っているのは何かというと「人間力」。いいかえれば人間としての成熟でしょう。この点に関しては、若者は年寄りに及ばない。そこで老人は人間の成熟をもって社会に奉仕する。これが老人の役割になります。老人は世話焼き役とか智恵ある人という立場で野遊びの場に登場したと考えられます。

余談ですが、野遊びの主役である若者たちは、恋はわれわれの特権だと思っています。では、恋をできなくなったお年寄りはどうなるかというと、神さまになる。「神さぶ」（神らしくなる）ということばがありますが、これは恋愛をしない年齢になるという意味です。そこから、人間の世界には恋愛があるけれど神さまの世界にはないという恋愛観が生まれます。

その例をひとつだけ見ておきますと、紀女郎《きのいらつめ》という人が家持に送った歌です。紀女郎は安貴王《あきのおおきみ》という人の奥さんですが、家持に微妙な心のゆらぎを感じていたので歌を贈った。そこに「神さぶ」ということばがでてきます。

神《かむ》さぶと否《いな》とにはあらねはたやはたかくして後《のち》にさぶしけむかも　（巻四・七六二）

恋をするには年をとりすぎているとか、いないとかではないのですが、やはり老いの身を恋に焦《こが》すと、あとで寂しく思うでしょうか、という歌です。これはものすごく微妙な心理をうたっているところと思います。家持が真剣にうけとってくれないような恋だから歌を贈るのをやめるかというと、そうではない。やっぱり心のゆらぎを相手に伝えたい。その意味で、紀女郎の恋は百パーセントほんとうではないにしても百パーセント嘘でもないというべきです。

つまり、万葉時代の老いは「神さぶ」といわれて恋愛からの卒業と見られていたのはたしかですが、しかし『万葉集』のなかでは紀女郎の歌のように恋とからめてうたわれることもありました。

「世の中は術なきもの」

そんななかで憶良はどのように「老い」をうたったのか。三つの作品があげられます。

(一)「世間《よのなか》の住《とどま》り難《がた》きを哀《かな》しびたる歌一首幷《あは》せて序」と反歌(巻五・八〇四〜八〇五)。

(二) 漢詩「俗《よ》の道の、仮《かり》に合ひ即ち離れ、去り易く留《とど》まり難《がた》きを悲しび嘆ける詩一首幷せて序」(同・八九七の前)。

(三)「老いたる身に病を重ね、年を経て辛苦《たしな》み、及《また》、児等《こら》を思《しの》へる歌七首」(同・八九七〜九〇三)。

順番に見ていきます。

（一）の八〇四番は、題を見てもわかるように世間は無常であるという哲学にのっとっています。あらゆるものは移りゆき消滅する。すべては「時間内存在」だから、当然、人間だって老いを迎えざるをえない。

世間《よのなか》の　術《すべ》なきものは　年月は　流るる如し　取り続《つつ》き　追ひ来《く》るものは　百種《ももくさ》に
迫《せ》め寄り来《きた》る　……

ここはこの歌の総括的な部分です。歳月が流れ、生老病死がさまざまに形をかえて、われわれに迫ってくる。世の中はもうどうしようもない、と溜息《ためいき》をついています。そこに少女の描写がつづきます。

少女《をとめ》らが　少女さびすと　唐玉《からたま》を　手本《たもと》に纏《ま》かし　同輩児《よちこ》らと　手携《てたづさは》りて　遊びけ
む　時の盛りを　留《とど》みかね　過《す》ぐし遣《や》りつれ　蜷《みな》の腸《わた》　か黒《ぐろ》き髪に　何時《いつ》の間《ま》か　霜《しも》の
降りけむ　紅《くれなゐ》の　面《おもて》の上に　何処《いづく》ゆか　皺《しわ》が来《きた》りし　……

若々しい女性が手にアクセサリーを付けて友だちといっしょに遊んでいた。そんな「時の盛り」もやがて過ぎ去る。「蜷《みな》の腸《わた》」のように黒かった髪も白くなる。「蜷」というのはタニシです。腸の最後のところは真っ黒ですが、それが斑白《はんぱく》になる。顔にもシワができる。そういうふうに老いを迎える。

男だって例外ではない。

大夫《ますらを》の　男子《をとこ》さびすと　剣太刀《つるぎたち》　腰に取り佩《は》き　猟弓《さつゆみ》を　手握《たにぎ》り持ちて　赤駒に
倭文鞍《しつくら》うち置き　はひ乗りて　遊びあるきし　世間《よのなか》や　常《つね》にありける　……

益荒男《ますらお》がいかにも颯爽《さつそう》と男性らしく振る舞っている。弓矢を手にもち、赤毛の馬にまたがって遊び歩いた。「倭文鞍」というのは倭文織《しずおり》で装飾をした鞍。当時としてはなかなかダンディです。こうした世の中は永遠に変わらないのだろうかといっておりますが、もちろん変化します。華やかさはだれからも去ってゆく。

次に、恋愛したときの男の描写がきます。

少女《をとめ》らが　さ寝《な》す板戸を　押し開き　い辿《たど》りよりて　真玉手《またまで》の　玉手さし交《か》へ　さ寝《ね》

し夜《よ》の　幾許《いくだ》もあらねば　……

男女が愛し合った状態です。美しい手を差しかえて共寝をした夜は「幾許もあらねば」というのですから、あっという間に過ぎ去ってしまった。

万葉の時代、どういうときに「老い」をうたうのが一般的だったかというと、最初に指摘したように野遊びの場でした。恋愛に照射されるかたちで老いを自覚させられたのです。だから憶良も当時の習慣にしたがって、男女が遊び歩く状態、それにつづく恋愛をうたいました。

「老い」をテーマとする今日性

ところが、ここから先がちがいます。

手束杖《たつかづゑ》　腰にたがねて　か行けば　人に厭《いと》はえ　かく行けば　人に憎《にく》まえ　老男《およしを》は
かくのみならし　たまきはる　命惜しけど　せむ術《すべ》も無し

このあたりは憶良の独壇場です。「手束杖」というのは手にもつところがT字型になった短い杖。そういう杖を腰にあてがって老人が歩く。すると、あっちにいけば人から嫌われ、こっちにいけば憎まれる。それが老人の状態だといっています。ことばをかえていうと、「老醜」です。そうした老醜を通して「老い」を認識するというのはきわめて今日的ではありませんか。

わたしは、憶良がこの時代にすでに老人問題を表現していることに驚きを禁じえません。現代のように高齢者の数が増え、それにどう対処したらいいかということが社会問題になっている時代であれば当然でしょうが、万葉の時代に、現代に通底するテーマを提起しているのは、さすが憶良というべきです。

しかも、現象を現象として終わらせないで、「老男《およしを》は　かくのみならし」と抽象化します。論理《ロゴス》で捉える。年をとった男はこんなもんだ、とつぶやくのです。どこへ行っても嫌われるのがたまたま一回かぎりの経験であればまだしも救われるのですが、老人はいつもこんなものだというのです。憶良の面目躍如。ふつうであれば、年をとると「もうモテない」とか「神さびた」といって終わるのに、かれはきわめて具体的に「年老いた男はこうこうだ」とダメを押すのです。こうなると、絶望しかありません。

この長歌には反歌がついています。

常磐《ときは》なすかくしもがもと思へども世の事なれば留《とど》みかねつも　（巻五・八〇五）

常磐、すなわち岩石のように永遠不変でありたいと思うけれど、この世の定めであるから無常を押しとどめることはできない。

結局ここでは——世間は無常である。そのためわれわれは老いを引き受けなければならないのだという真理を語っています。無常を受容することにおいて、「老い」をひとつの必然として引き受けようと述べているのです。

死ぬ時期を知ることはできない

次は「俗《よ》の道の、仮《かり》に合ひ即ち離れ、去り易く留《とど》まり難《がた》きを悲しび嘆ける詩一首幷せて序」です。これは「沈痾自哀の文」の次に載せられた、序のついた漢文（『国歌大観』番号なし）です。最初のほうにこうあります。

目を撃つの間に、百齢《ももよ》已《すで》に尽き、臂《ひぢ》を申《の》ぶるの頃《ほど》に、千代《ちよ》も亦《また》空し。旦《あした》には席上の主《あるじ》と作《な》れども、夕には泉下《せんか》の客と為る。白馬走り来《きた》り、黄泉《くわうせん》には何《いか》にか及《し》かむ。隴《ろう》上《じやう》の青き松は、空しく信剣を懸け、野中の白き楊《やなぎ》は、ただ悲風に吹かる。是《ここ》に知る、世俗に本より隠遁《いんとん》の室《いへ》無く、原野には唯《ただ》長夜の台《うてな》有るのみなるを。先聖巳に去り、後賢も留らず、如《も》し贖《あがな》ひて免るべき有らば、古人誰か価《あたひ》の金《くがね》無けむ。いまだ独《ひと》り存《なが》らへて、遂に世の終《をはり》を見る者《ひと》あるを聞かず。

時はどんどんと移っていく。まばたきをするあいだに百年がたってしまう。肘《ひじ》をのばすあいだに千年がたってしまう。朝は立派な席に坐っていたかと思うと、夕方にはもう死者となっている。そして白馬のごとく歳月はわれわれを追いかけてきて、「黄泉《くわうせん》には何《いか》にか及《し》かむ」ですから、死を逃れることはできないといいます。

次の「隴上《ろうじやう》の青き松」以下は中国の故事です。それを引いて、この世には死から隠れる部屋はなく、原野には墓があるばかりだ、といいます。「長夜の台《うてな》」というのは墓です。仙人だって聖人だって賢人だって、みな死んでいく。お金を出せば時から逃れられるのなら、みんなそうしたであろうが、だれひとり長生きして世間の最後の瞬間まで見たものはいない。

維摩大士《ゆいまだいし》だってお釈迦《しやか》さまだって亡くなってしまったといったあと、「内教に曰はく」と書いています。「内教」というのは仏典のことです。

内教に曰はく、「黒闇の後《しりへ》に来るを欲《ねが》はずは、徳天の先に至るに入ること莫《な》かれ」といへり。故《かれ》知りぬ、生るれば必ず死あるを。死をもし欲《ねが》はずは生まれぬに如《し》かず。況《いは》むや縦《よ》し始終の恒数《こうすう》を覚《さと》るとも、何ぞ存亡の大期《たいご》を慮《おもひから》らむ。

仏典には「暗黒の死が背後に忍び寄るのが嫌なら、まず、この世に生まれでてこなければよいのだ」とある。要するに、人は年をとって必ず死んでいく。そうした無常を避けたいのであれば、仏典が教えるように、生まれてこなければいいのだ。これが唯一の解決方法だ、といっています。

そこで「始終の恒数を覚る」。人間は必ず死ぬものであるということはわかった。だが、それだけではわれわれの悲しみは解決しない。まだ問題がある。それは何かというと、「存亡の大期」を知りたい。「存亡の大期」とは死ぬ時期です。それを知りたいと思うのだけれど知りえない。考えに考えても、わからない。こうなると、結論はやはり「絶望」しかありません。しかしかれは最後まで考えようとします。

わたしも、いちばん大事なのはこの憶良のように誠実に生きることではないかと思います。たとえ結論は絶望だとしても、考えられるところまで考える。こうした姿勢がたいせつだと思います。

以上は「序」です。この後に詩がきます。

俗道の変化《へんくわ》は猶《な》ほ目を撃《う》つが如く、人事の経紀《けいき》は臂《ひぢ》を申《の》ぶるが如し。空しく浮雲《ふうん》と大《たい》虚《きょ》を行き、心力共に尽きて寄る所なし。

あっという間に時はたってしまう。まさに無常だ。だから浮雲といっしょに大空を漂い、心も力も尽きてどこにも安心していられるところがない。この詩における結論も「絶望」です。

しかし、憶良はそれでも諦《あきら》めない。そこが憶良の偉いところです。絶望に絶望を重ねながらも諦めない。憶良はやがて死ぬのですが、そのときもまだ涙を流しながらおのれの志を述べているのは、前に見たとおりです。

老いは絶望しか与えなかった

三番目は、「老いたる身に病を重ね、年を経て辛苦《たしな》み、及《また》、児等《こら》を思《しの》へる歌七首」。「病」、「子への愛」とともに「老い」をうたっています。まずは、巻五の八九七番の長歌です。

たまきはる　現《うち》の限《かぎり》は　平《たひら》けく　安くもあらむを　事も無く　喪《も》も無くあらむを
世間《よのなか》の　憂《う》けく辛《つら》けく　いとのきて　痛き瘡《きず》には　鹹塩《からしほ》を　灌《そそ》くちふが如く　ますます　重き馬荷《うまに》に　表荷《うはに》打つと　いふことの如《ごと》　……

生きているあいだは平安でありたいと思うのが世の常であるが、しかし現実はなんとつらいことか。それは、傷に塩をすり込むようなものであり、重い荷物の上にさらに荷物を背負わせるようなものだ。

老いにてある　わが身の上に　病《やまひ》をと　加へてあれば　昼はも　嘆かひ暮し　夜《よる》はも　息衝《いきづ》きあかし　……

老いの上に病気が加わる。老いをそんなふうに描いたあと、それにつづく六首の反歌で結論を述べています。

慰むる心はなしに雲隠り鳴き行く鳥の哭《ね》のみし泣かゆ　（巻五・八九八）
術《すべ》も無く苦しくあれば出で走り去《い》ななと思へど児らに障《さや》りぬ　（同・八九九）

八九八番の歌は、心の慰めようもなく鳥のように泣けてしまう、というのですから、これはまあ一般的な言い方です。

そこで八九九番で、この世から脱出したいといいます。奈良時代にも「出家」がありましたが、当時は「家出」と呼んでいました。そのように、世から走りでてしまいたいと思うのだが、「児らに障りぬ」。子どもが妨げになる。

次に、当時も貧富の差がありましたから、自分の子どもにいい着物を着せてやれないと嘆いた（巻五・九〇〇～九〇一）あと、永遠の命を願望する歌がつづきます。

水沫《みなわ》なす微《いや》しき命も栲縄《たくなは》の千尋《ちひろ》にもがと願ひ暮しつ　（巻五・九〇二）

倭文手纏《しつたまき》数にも在《あ》らぬ身には在《あ》れど千年《ちとせ》にもがと思ほゆるかも　（同・九〇三）

九〇二番は、泡のようにとるに足らない命だけれども布で編んだ縄（栲縄）のように長くありたい、と永遠の命を願っています。九〇三番も、千年までも生きつづけたいというのですから、意味はおなじ。

ちなみに「永遠の命」というのは、若々しいままでの永遠の命です。年をとってあっちへ行けば人から嫌われ、こっちにきても憎まれる、という状態で長生きしたってしようがないわけですから、若い命を願っているのです。

人間、最後の願望は不老不死だといわれますが、王侯貴族といえどもそれを手に入れることはできない。永遠の命を願うことも、単なる願望にすぎない。

したがって、「老い」はついに絶望しか与えなかったという結論になります。こうした思いが悲しみでなくて何でしょう。

第九章　望郷の悲しみ

いざ子ども早く日本《やまと》へ大伴《おほとも》の御津《みつ》の浜松待ち恋ひぬらむ　（巻一・六三）

さあみんな、早く大和へ帰ろう。大伴の御津の海岸の松も、その名のごとく待ち恋うているだろう。

憶良はつねに帰りたいという心をもっていた。原点を失った人だからこそ、人生の原点に帰りたいと願いつづけた。

「帰心の憶良」

わたしは『万葉歌人の愛そして悲劇』という本で、憶良の「帰心《きしん》」にふれたことがあります。憶良はつねにどこかへ帰りたいという気持ちをもっていたのではないか、と書きました。

江戸時代に、「ひき殿の妻や待つらむ子泣くらむ」という句があります。作者は小林一茶《こばやしいっさ》ですが、これはもちろん、

憶良らは今は罷《まか》らむ子泣くらむそのかの母も吾《あ》を待つらむそ　（巻三・三三七）

という憶良の歌のパロディです。ではなぜ一茶は「ひき殿」とよんだのか。別に理由がなければ「うま殿」でもいいし「ねこ殿」でもいいのに、なぜ「ひき殿」といったのか。ひき（蟇）はカエルだからです。だから「帰る」。一茶がパロディに使うくらい憶良は帰心をもちつづけていました。

「憶良らは……」の歌は、「山上憶良臣の宴《うたげ》を罷《まか》るの歌一首」とあり、宴会から引き上げたいという歌です。これは「挨拶歌」といいます。

癖《へき》というと大げさですけれども、憶良は心の傾きとしてつねに帰心をもっていました。

大伴旅人にむけて、奈良の都に召し上げてくださいとうたった歌もありました（一〇〇ページ参照）。一種の就職運動ととれないこともありませんが、ここでも何よりも都へ帰りたいといっているのです。

でも、それだけではない。やはり憶良の心にはいつも原点に帰るという気持ちがひびいていたように思います。まさに「帰心の憶良」です。現状にどっしりと腰を下ろしていられない。心はつねに浮遊してやまない。そういう人だったのではないかと思います。

「七夕の歌」に秘めた祖国への思い

憶良における「望郷」ということを考えたとき、手がかりになるのは「七夕の歌」です。第三章でも紹介しましたが、振り返っておきましょう。

牽牛《ひこぼし》は　織女《たなばたつめ》と　天地《あめつち》の　別れし時ゆ　いなうしろ　川に向き立ち　思ふそら　安
からなくに　嘆くそら　安からなくに　青波《あをなみ》に　望みは絶えぬ　白雲《しらくも》に　涙は尽きぬ
かくのみや　息衝《いきづ》き居《を》らむ　かくのみや　恋ひつつあらむ　さ丹塗《にぬり》の　小舟《をぶね》もがも
玉纏《たままき》の　真櫂《まかい》もがも　朝凪《あさなぎ》に　い掻《か》き渡り　夕潮に　い漕《こ》ぎ渡り　ひさかたの　天《あま》の
川原《かはら》に　天《あま》飛ぶや　領巾《ひれ》片敷き　真玉手《またまで》の　玉手さし交《か》へ　あまた夜も　寝《い》ねてしか

も　秋にあらずとも　（巻八・一五二〇）

牽牛と織女が川をへだてて立って向かい合っている。「思ふそら」というのは境遇という意味ですが、それが「安からなくに」というのですから、お互いに「会いたい、会いたい」と思いながらも思うにまかせない状況を語っています。青々とした波にへだてられて会う望みはなくなってしまった。白雲を望んで、涙ももう出つくしてしまった。では、このように溜息をつきながらいるのだろうか。いや、そうではない。きれいな舟がほしい。舟があったら朝も夕も漕いで渡り、そして天の川の河原に、天女が身にまとう長い布を下に敷いて、玉のような手を差し交わしながら幾晩も幾晩も共寝をしたいものだ、という歌です。

七夕の歌としてはごく当たり前のように思えますが、「青波に　望みは絶えぬ」や「朝凪に　い掻き渡り　夕潮に　い漕ぎ渡り」という表現はちょっと変わっています。前にも申し上げましたように、これでは川というより海です。牽牛と織女のあいだを天の川がへだてているという七夕の物語を歌によんでいるうちに、ふたりをへだてるものが海になってしまいました。

なぜ憶良はこんな歌をうたったのでしょう。もちろん、川と海の区別がつかなかったのではありません。無意識のうちに海をへだてた、彼方《かなた》への思慕をうたってしまったのです。そのとき、かれが思い描いていたのは対馬《つしま》海峡であり玄界灘《げんかいなだ》だと思います。こういうところを見ても、憶良はやっぱり小さいときに祖国をあとにした渡来人だったにちがいありません。

第三章で「白雲に　涙は尽きぬ」を引いたとき、これは「白雲謡」であるといいましたが、白雲謡というのは遠く別れ去った人をしのぶ歌です。その背景には漢の武帝のエピソードがあります。

漢の武帝が西王母《せいおうぼ》を訪ねます。西王母は、日本でいうと天照大神《あまてらすおおみかみ》のような、天界を支配する女神。武帝はその女神から一粒で三千年生きられるという言い伝えのある桃の実をもらって帰ってきました。西王母と別れて帰るときうたったのが「はるばると白雲がたなびいていゞる彼方よ」という詩でした。それを白雲謡と呼びました。したがって『万葉集』に「白雲」ということばがでてきたら、武帝の白雲謡が背後にあると思ってください。「白雲」ということばそれ自体、遠く離れているというイメージをもっているのです。憶良の「白雲に　涙は尽きぬ」ということばも、ふるさとは白雲の彼方にあるという思いを秘めているのです。

「別れやすく会いがたき」人の世

憶良が、自分がそこからやってきた「韓《から》の国」をよみこんだ歌があります。そのひとつが佐用比売《さよひめ》をうたった歌（巻五・八七一〜八七五）です。大伴佐提比古《おおとものさでひこ》という人が朝命をうけて韓国へ行ったとき、佐用比売が領巾《ひれ》を振って別れを惜しんだという、歌です。序文をちょっと読んでおきましょう。

大伴佐提比古の郎子《いらつこ》、特に朝命《てうめい》を被《かがふ》り、使を藩国《とつくに》に奉《うけたまは》る。艤棹《ふなよそひ》して言《ここ》に帰《ゆ》き、稍《やや》に蒼波《そうは》に赴く。妾《をみなめ》松浦〔佐用比売〕、この別るるの易きを嗟き、彼《そ》の会ふの難きを嘆く。（中略）遂に領巾《ひれ》を脱ぎて麾《ふ》る。傍《かたはら》の者涕《ひとなみた》を流さずといふこと莫《な》し。これに因《よ》りてこの山を号《なづ》けて領巾麾《ひれふり》の嶺《みね》と曰《い》ふ。

ここで「藩国」というのが韓国、それも新羅をさしています。

重要なのは、「別るるの易きを嗟き、彼の会ふの難きを嘆く」という一文です。たちまち別れがきてしまう。しかし、なかなか再会することができない。これは憶良がよく口にするせりふです。あっという間に人間の別れは訪れる。朝命で「遣《つか》いに行け」といわれたら、別れなければいけない。ところが、いつ帰ってくるかわからない。だから会うのがむずかしい、といっているのです。

そこで別れがたいものだから、高い山に登り領巾を振って別れを惜しんだ。そこでその山が「領巾麾の嶺」といわれるようになったとありますが、この山は現在でもあります。

わたしがその山を決定的に確認したのは数年前のことでした。飛行機（といってもジェット機ではなく十数人乗りの小さな飛行機でした）で大村空港を飛び立って五島列島へ行ったときのこと、低空飛行していると、海へでる手前、東松浦《まつうら》半島の付け根のあたりに山が見えました。それが「領巾麾の嶺」でした。何度も訪れた場所でしたが、初めて上空から見て、ああ、ここでこそ佐用比売は領巾を振ったのだと思いました。東方の平地を遮断するように南北に走る山脈でした。

この佐用比売をうたった歌はちょっと変わっています。というのも作者が、序文と八七一番が同一人物で、次の八七二番が「後《のち》の人の追ひて和《こた》へたる」、それから「最後《いとのち》の人の追ひて和へたる」「最最後《いといとのち》の人の追ひて和へたる二首」となっているからです。ひじょうにフィクショナルな趣向です。一応、四人の人の歌になっていますが、それは表向きのことで、全部ひとりの人がつくっているのかもしれません。

前に、頭から文献《テキスト》を信じてはいけないといいましたが、書かれていることはすべて事実だなどと思ったら危険です。

ともかく、よんでみましょう。

遠つ人松浦佐用姫夫恋《まつらさよひめつまごひ》に領巾《ひれ》振りしより負《お》へる山の名　（巻五・八七一）
山の名と言ひ継げとかも佐用姫がこの山の上《へ》に領巾を振りけむ　（同・八七二）
万代《よろづよ》に語り継げとしこの岳《たけ》に領巾振りけらし松浦佐用姫　（同・八七三）
海原《うなはら》の沖行く船を帰れとか領巾振らしけむ松浦佐用姫　（同・八七四）
行く船を振り留《とど》みかね如何《いか》ばかり恋《こほ》しくありけむ松浦佐用姫　（同・八七五）

すべて、別れる人に領巾を振って思慕する歌です。ただし、若干色あいがちがいます。（一）最初の二首は山の名前を問題にしていて、（二）八七三番の歌は、万代に語り継げといって振ったというのだから、振った理由を中心によんでいます。みな、すこしずつちがっていますが、最後の二首になるとかなりちがう。（三）八七四番は「帰れ」といって振ったのだろうとあって、八七五番は、どんなにか恋しかったことだろうという思いにポイントを置いています。

わたしはいま三つのブロックに分けましたが、どれが憶良らしいかというと、最後の二首です。これが憶良の作ではないかと考えています。『山上憶良』（河出書房新社）――のち『中西進万葉論集』（講談社）所収――という本でもそう書きました。

憶良はみずからの思いを託してうたったのではないでしょうか。日本と韓国との別離のなかで、かれが何を感じていたかというと、「帰れない」だから「祖国が恋しい」という思いだったことでしょう。そうした自分の思いを佐用比売に重ねてうたったにちがいありません。

憶良という人はいつも、望郷の念あるいは祖国への思慕を無意識のなかに抱きかかえていたのではないかという気がします。

「韓国《からくに》」をうたいこんだ石の歌

いまの佐用比売の歌では「藩国《とつくに》」とだけあって「韓国《からくに》」ということばはでてきませんでしたから、次は具体的に「韓国」をうたいこんだ歌を見てみます。巻五の八一三番の長歌。わたしはこれを「鎮懐石《ちんかいせき》の歌」と名づけています。

序文によれば――筑前国の怡土郡《いとのこほり》深江《ふかえ》の村の子負《こふ》の原というところにふたつの石がある、とあります。大きいほうは高さ一尺二寸六分、周りが一尺八寸六分、重さ十八斤《こん》五両。小さいほうが高さ一尺一寸、周り一尺八寸、重さ十六斤十両。一斤はだいたい〇・七キログラムですから、大きいほうは十二キロ以上、小さいほうでも十一キロ以上になります。

高さはそれぞれ三十七センチと三十三センチ。この石はどのような石かというと、「古老相伝へて曰はく」として、次のような由来が記されています。

往者《いにしへ》息長足日女命《おきながたらしひめのみこと》、新羅の国を征討《ことむ》けたまひし時に、茲《こ》の両《ふた》つの石を用《も》ちて、御袖《みそで》の中に插着《さしはさ》みて、鎮懐《しづめ》と為《し》たまひき。〔実《まこと》はこれ御裳《みも》の中なり〕所以《かれ》、行く人、この石を敬拝す。

息長足日女命というのは神功皇后です。当時、日本と新羅は仲が悪かったから、神功皇后が新羅征討に行ったのです。ところがそのとき、応神天皇が生まれそうになった。生まれてしまうと困るので、胎動を鎮めるために袖のなかに石を入れて、帰国してから応神天皇を生んだという伝説があります。そのときの石だ、というのです。それにしても、十一キロ以上の石を袖に入れたというのだからたいへんな力持ちです。もっとも、袖じゃなくてほんとうはスカートのなかに入れた（御裳の中なり）という注もありますが。

この逸話は「石成長譚」にも関係しています。十一キロもある石を袖に入れるのは無理だから、神功皇后が帰国してから石が大きくなったのだろうという伝説です。じっさい、国歌「君が代」にも「さざれ石の巌《いわお》となりて……」とあるように、説話には「石成長譚」

というパターンがあります。このたぐいの話は江戸時代にまとめられた石の辞典『雲根志《うんこんし》』という本にたくさん載っています。
そんな逸話を背景にして、憶良がよんだのが八一三番の長歌です。

懸《か》けまくは　あやに畏《かしこ》し　足日女《たらしひめ》　神の命《みこと》　韓国《からくに》を　向《む》け平《たひら》げて　御心《みこころ》を　鎮《しづ》め
給ふと　い取らして　斎《いは》ひ給ひし　真珠《またま》なす　二つの石を　……

どうしてこういう歌をつくったのかというと、神功皇后が韓国つまり新羅を平定した人だからです。新羅は百済を滅ぼした国ですが、その百済こそ憶良の祖国でした。祖国・百済はいまやなくなり新羅に占領されてしまいましたが、かつて新羅を平らげたのが神功皇后ですから、憶良は皇后に肩入れしているのです。
子負《こふ》の原に置かれた鎮懐石は神功皇后のシンボルです。だから、憶良はそれを讃美します。

神《かむ》ながら　神さび坐《いま》す　奇魂《くしみたま》　今の現《をつつ》に　尊きろかむ

祖国が新羅に滅ぼされ、日本へ渡ってこなければならなかった経験が一種のトラウマとして残っていた。だからこういう歌をつくったのです。

日本と百済のあいだでゆれる帰心

以上の祖国への思慕、祖国「韓の国」をよんだ歌につづく第三のテーマは「山上臣憶良の大唐《もろこし》にありし時に、本郷《くに》を憶《おも》ひて作れる歌」（巻一・六三）に見ることができます。四十二歳のとき遣唐使の一員として唐に渡り、そこで本郷すなわち日本を思ってつくった歌があります。

いざ子ども早く日本《やまと》へ大伴《おほとも》の御津《みつ》の浜松待ち恋ひぬらむ

さあ、みなさん、早く日本へ帰りましょう。大阪の海岸に生えている松も待ちこがれていることでしょう――という歌です。せっかく祖国・百済の地つづきの唐へ渡ったのですから、ゆっくり見物してくればいいのに、「早く帰ろう」という。中国へ渡った憶良が日本を思慕した歌ですが、問題は、日本へ帰りたいといっている気持ちをどう理解するか、というところにあります。憶良は日本が好きだった、日本こそ母国だと思っていたと考えるのか、ほんとうの母国はやはり百済であったと考えるのか。

四歳のとき日本にきた憶良はこの時点で朝廷に仕えているのですから、百済に帰りたいなんていうのはもはや詮無《せんな》いことである。自分の母国は日本だ、と決めているように感じられます。自分は日本で生きようと決めたということです。ただし、心のもっと奥底では、母国はやはり百済だと思っていたのではないか、とも考えられます。母国は日本だと思い定めたから、「さあ、みなさん、早く日本へ帰りましょう」と呼びかけているのですが、その思いは、もう一皮むけば真の母国・百済に帰りたいという気持ちを秘めていたのではないか。

憶良が使った「本郷」ということばは『懐風藻』にも出てきます。憶良といっしょに中国へ行った弁正という留学僧が中国で日本を思慕する漢詩をつくっていますが、その題がやはり、「憶本郷」すなわち国を思う。「本郷」は、当時、一種のパターンになっていたことばです。

結局、憶良にあっては「国」というものがゆれています。本国《もとつくに》は百済だ。ところが、「早く日本へ」といったときは日本が「国」です。こうした微妙な心理構造は、外国で生まれた二世の人などに見られます。憶良は一世ですが、しかし四歳で日本に渡ってきましたから母国の記憶はほとんどない。その意味ではひじょうに二世に近い存在であったといえます。

　わたしはブラジルのサンパウロに一か月いたことがありますので、ブラジルの日系人の三世、四世が日本にきたがっているのを知っています。かれらの日本にたいする思慕はかぎりなく強い。その人たちを見たり、話を聞いたりしていると、かれらにとってブラジルが自分の風土かというと必ずしもそうではない。でも、日本の土を踏んだこともない。すると結局、ふたつの風土に生きるということは風土を失うということでもあるのです。日本もブラジルもどちらも安定した風土ではなくなってしまう。

　そこでわたしは憶良を「風土のない詩人」と呼んでいます。

漂泊と母なる世界への思慕

　ことばをかえると、いま問題にしているのは一種の「漂泊感」であるように思います。ワンダーリング、さすらいです。

　憶良の場合、住む国だって百済から日本へ、ワンダーリングがありました。ふたつの風土のなかをさすらっている。そこで望郷の思いと同時に悲しみが生まれるのですが、そう思ってみると、憶良はことのほか「さすらい」というものにたいして敏感であったように見えます。

そこで、あらためてよんでいただきたいのが例の「日本挽歌」（巻五・七九四）です。旅人の若い奥さんは旅人を慕って都から大宰府にやってきた。ところが、その地で亡くなってしまう。

大君《おほきみ》の　遠の朝廷《みかど》と　しらぬひ　筑紫《つくし》の国に　泣く子なす　慕ひ来まして　息《いき》だにも
いまだ休めず　年月《としつき》も　いまだあらねば　心ゆも　思はぬ間《あひだ》に　うち靡き　臥《こや》しぬ
れ

はるばる「しらぬひ　筑紫の国に」やってきたが、「息だにも　いまだ休めず」ですから、その旅ごこちもまだ治まらないうちに病に倒れてしまった。そして亡くなってしまう。まさに客死です。わたしはそうした旅を「さすらい」とか「漂泊」と呼んでいるのですが、そうした漂泊、客死にたいする同情がこの長歌からよみとれるのではないでしょうか。

同様の思いが、ふるさとの九州をあとにして都へのぼる途上、不幸にして亡くなった熊《くま》凝《こり》という人に関する歌（巻五・八八六）からもうかがえます。序文にはこうあります。

沉《いは》むや凡愚の微《いや》しき者《ひと》の、何《なに》そ能く逃れ避《さ》らむ。ただ、我が老いたる親並《とも》に庵室《いほり》に在《いま》す。我を待ちて日を過さば、おのづからに心を傷《いた》むる恨《うらみ》あらむ。我を望みて時に違《たが》はば、必ず明を喪《うしな》ふ泣《なげき》を致さむ。

自分は凡愚の身だから死を避けようなどということは考えない。でも、わたしには老いた両親がふるさとにいる。かれらはわたしが早く帰ってきてほしいと思っている。それなのに、わたしが帰らなかったなら、必ずや、何も見えなくなってしまうまでに嘆くでしょう。

哀《かな》しきかも我が父、痛《いたま》しきかも我が母。一《ひとり》の身の死に向ふ途を患《うれ》へず、唯《ただ》し二《ふたり》の親の生《よ》に在《いま》す苦しみを悲しぶ。今日長《とこしへ》に別れなば、いづれの世にか覲《まみ》ゆるを得む。

熊凝は「哀しきかも我が父、痛しきかも我が母」と、胸が張り裂けんばかりだ。何が悲しいのかといったら、両親のもとで死ねないこと、両親を嘆かせること、それが悲しいのだというのです。一度この世で別れてしまったなら、どうしてふたたび会うことができようか。あの世でまたふたたび会うなんていうのは嘘だ、と決めています。

これを逆にいうと、両親とりわけ母なるものが思慕されています。本章のはじめにいったように、ふるさとというのは「母郷」なのです。母なる世界です。その母なる世界を離れて漂泊のなかで死ぬ悲しみ。

憶良が熊凝の心境をこんなふうによんでいるということは、やっぱりこの人も無意識のなかで母郷への思慕をずっともちつづけていたからだといえます。かれは死ぬまで「望郷の悲しみ」をいだいていた人だと思います。

第十章　愛と死の悲しみ

士《をのこ》やも空しくあるべき万代《よろづよ》に語り続《つ》ぐべき名は立てずして　（巻六・九七八）

「士」たるもの空しくあってよいはずがあろうか。万代の後に語り伝えられるべき名も立てずに。

憶良は最後の最後まで悲しみと苦悩をかかえていた。だからこそ歌は輝き、人間としての尊厳も光っている。

「亡妻悲傷」の伝統——妻への愛

愛は喜びである、と考えるのが一般的ではないかと思います。しかし、深い本質を考えると、愛とか恋愛は苦しみ以外のなにものでもありません。『万葉集』にもそうした認識があふれています。

そんなことを前提にして、憶良の三つの愛についてお話しします。最初は「妻にたいする愛」、二番目は「子どもにたいする愛」、三番目は「夫にたいする愛」です。

まず、妻への愛ですが、ご承知のように憶良には恋愛の歌は一首もありません。そうでありながら、憶良ほど愛を考えた人はいないというのも事実です。というのも、恋歌をつくるのは恋愛をしている人ですが、当事者は、「愛とは何か」「恋とは何か」などと考えないからです。恋歌に満ちみちた『万葉集』にあって「愛とは何か」を考えたのは憶良ぐらいしかいない、というのはそうした事情によります。

そんな憶良が妻への愛をうたっています。といっても、憶良自身が妻を愛する歌をうたったのではなく、大伴旅人の妻が亡くなったとき憶良が挽歌をつくった。その歌を通して憶良が夫婦の愛をどう考えていたかがわかる、という意味です。

憶良がどうしてそんな歌をつくったのかといいますと、「亡妻悲傷」とよばれる歌が伝統的につくられていたからです。万葉歌人で最初にそれをつくったのは柿本人麿です。軽《かる》

（現在の奈良県橿原市《かしはらし》）というところに人麿の妻がいましたが、その妻が亡くなったという知らせをうけてびっくりして行ってみたら、もう声も聞けないし姿も見えない。道行く人のなかにだれひとり妻と似た女性がいないので、ひとり妻の名を呼んで袖を振った、とうたっています（巻二・二〇七）。

そんな人麿にはじまって、旅人（巻五・七九三。巻三・四四六〜四五三など）も、旅人の息子である家持（巻三・四六二〜四七四、ただし四六三を除く）も、妻（家持の場合、題詞には「妾《をみなめ》」とあります）をしのぶ歌をよんでいます。

そうした伝統につらなるようにして憶良も旅人の妻の死をうたっています。それが「日本挽歌」（巻五・七九四〜七九九）ですが、そこから妻にたいする憶良の愛のかたちをうかがい知ることができます。

大君《おほきみ》の　遠の朝廷《みかど》と　しらぬひ　筑紫《つくし》の国に　泣く子なす　慕ひ来まして　息《いき》だにも　いまだ休めず　年月《としつき》も　いまだあらねば　心ゆも　思はぬ間《あひだ》に　うち靡き　臥《こや》しぬれ　言はむ術《すべ》　為《せ》む術《すべ》知らに　石木《いはき》をも　問《と》ひ放《さ》け知らず　家ならば　形《かたち》はあらむを　うらめしき　妹《いも》の命《みこと》の　我《あれ》をばも　如何《いか》にせよとか　鳰鳥《にほどり》の　二人並び居《ゐ》　語らひし　心背《そむ》きて　家さかりいます（巻五・七九四）

「遠の朝廷」というのは大宰府のことです。先に旅人が赴任して、その後を慕って若い妻がやってきた。ところが何年もたたないうちに長わずらいをして寝こんでしまった。そこで、どうしたらいいかわからないので石や木にまで問いかけた。「石木」というのは感情をもたないものの代表で、もちろんそんなものに問いかけても答えが返ってくるはずもない。もし元気で家にいたならば妻は生きいきとした姿を見せてくれたであろうに、うらめしいことに、妻はいったいわたしをどうしようというのか。「鳰鳥」というのはカイツブリという水鳥です。その鳰鳥のようにふたり並んで語らった、その心にそむいて家を遠ざかることよ、という歌です。

妻との愛は「手枕《たまくら》」と「語らい」

ここで注目したいのは「家ならば　形はあらむを」という表現です。「家」は「旅」の対義語です。旅の枕詞《まくらことば》は「草枕」。それに対応する家の枕詞は「手枕《たまくら》」です。そこで、家にいたのであれば形があるだろうものを……という「形」とは、共寝をして手を差し交わしている姿。それを思い出しているのです。だから、きわめて生なましいというか、切なさがあります。

こうした「身体性」が古代の特色です。ギリシア彫刻でもアポロンの像など、肉体を讃美していますが、あれも古代的身体性というべきでしょう。ところが、だんだん時代が下がるにつれて身体性が失われてゆき、しだいに観念的になっていく。これが日本にかぎらない文化史の流れです。

「鳰鳥の　二人並び居　語らひし」というのもきわめて身体的ですね。ふたりがそっぽをむいているのではなく、語らうためにふたり並んで仲むつまじくしている。東歌《あずまうた》には、妻を亡くしたとき、「背向《そがひ》に寝《ね》しく今し悔《くや》しも」（巻十四・三五七七）とうたったものがあります。妻亡きいま、かつて背中合わせに寝たことが悔やまれる、といっています。「鳰鳥の　二人並び居」はそれとは逆に、仲むつまじい形です。

もうひとつ注意したいのは、「語る」と「語らう」は全然ちがうことばだということ。悪いことをするときは仲間と「語らう」といって「語る」とはいいません。つまり「語らう」ということばには、その善し悪しは別にして、「語る」よりも深みがある。そこで、「語らいの関係」が妻との愛の二番目の特徴になります。

こうして、憶良が妻との愛は（一）身体的で、（二）語らいの関係である、と考えていたことがわかります。

しかし愛は永遠ではない。磐石《ばんじやく》ではない。人間には死が待ち構えていますから、妻の死によって「心背きて　家さかりいます」ということも起こる。妻との死別ということがなければ、愛はきわめて幸せな状況かもしれません。でも、いかに愛する人であれ必ず喪失の瞬間を迎えます。そうした「摂理」にたいして、永遠を願う「愛」は絶対的に矛盾します。そこに愛の悲しみがあります。

先ほどの長歌「日本挽歌」の反歌をよんでみましょう。

家に行きて如何《いか》にか吾《あ》がせむ枕づく妻屋《つまや》さぶしく思ほゆべしも　（巻五・七九五）

愛《は》しきよしかくのみからに慕《した》ひ来《こ》し妹が情《こころ》の術《すべ》もすべなさ　（同・七九六）

悔《くや》しかもかく知らませばあをによし国内《くぬち》ことごと見せましものを　（同・七九七）

形にこだわる憶良ですから、七九五番の歌には「妻屋」がよまれています。妻屋というのは夫婦がこもる部屋。妻の死によって、その部屋が寒ざむとしてとても寂しく感じられる。ここは身体性の喪失を示唆しているといえます。

次の七九六番は――わたしを慕ってくれた妻の心を思うと、もうどうしていいかわからない。カイツブリのようにふたり並んで語らった幸せな日々を思い出して心底打ちひしがれているようすがうかがえます。こうして語らいの関係も消滅してしまう。

三番目の七九七番は――こんなにも突然に妻が亡くなるのを知っていたら、国中を全部見せたかったというのですから、やはり、語らいの関係の喪失といっていいでしょう。

こう見てくると、妻にたいする愛は何かといったら「手枕」（身体性）であり、「語らいの関係」であるが、しかしそれは永遠のものではない。つねに死によって奪われるおそれがある。そこに愛の悲しみがある、ということになります。

「家」と「鳰鳥《にほどり》」の消滅――妻の死

「亡妻悲傷」と呼ばれる歌の伝統にはお手本がありました。いうまでもなく中国の詩です。人麿もその前例にならったのです。人麿の次に妻の死を悲しんだ人が旅人です。かれは何回かにわたって妻の死を悲しんでいます。

そこで憶良も、人麿や旅人の流れにそって妻の死の悲しみをうたったということになります。「日本挽歌」を通して、妻の死はいったい何が悲しいのかということを見ておきます。

愛する妻が亡くなるとどうなるか。

家ならば　形《かたち》はあらむを　うらめしき　妹《いも》の命《みこと》の　我《あれ》をばも　如何《いか》にせよとか　鳰《にほ》

鳥《どり》の　二人並び居《ゐ》　語らひし　心背《そむ》きて　家さかりいます（巻五・七九四）

「家ならば　形《かたち》はあらむを」というのは、生きていたら生きいきとした姿を見せていただろうに、という意味です。具体的な肉体として目に映るものが「形」です。そうした「形の喪失」が死だといっています。この考え方は長歌につづく反歌にもでてきます。

家に行きて如何《いか》にか吾《あ》がせむ枕づく妻屋《つまや》さぶしく思ほゆべしも（巻五・七九五）

妻の墓所から家に帰ってくると、枕を並べた妻屋がさびしく思われるにちがいない、とありますから、ここでも家という「形」を通して妻の死を悲しんでいます。そもそも家とは何かというと、旅の枕詞「草枕」にたいして「手枕」といいますから、妻と手を交わして共寝するところである。したがって、妻が死んでしまったら家が家ではなくなってしまう、と見ていたことがわかります。

この当時は土葬と火葬の両方がありました。火葬がはじまったのは七〇一年からだといわれています。持統天皇が亡くなったのが火葬のはじまりだ、といわれています。もうひとり、お坊さんの道昭《どうしよう》が火葬の第一号だという説もあります。いずれにしろ、この時代にはすでに火葬がはじまっていましたが、都から遠い九州で火葬がおこなわれていたかどうかは疑問です。しかし、どんな葬られ方をしたにしろ、「形」は失われる。火葬だったら骨になってしまう。土葬だったら身じろぎもしない。形がなくなるという点ではいっしょです。

「妹の命」と呼んで大事にしていた妻がそんなふうに亡くなってしまう。鳰鳥《におどり》（カイツブリ）のようにいつもいっしょにいたのに、ともに語らうべきパートナーがいなくなってしまったという喪失感。それが妻の死の悲しみだと、憶良は考えていました。

結論ふうにいえば、旅人の妻の死を借りて憶良がいわんとした妻の死の悲しみは、

（一）「家」（形）が失われること。

（二）鳰鳥《におどり》でなくなる（パートナーの消滅）こと。

この二つの大きな喪失感に要約することができます。先ほど使ったことばでいえば、「手枕」（形）の喪失、「語らいの関係」の消滅がそれぞれ（一）と（二）に対応します。

「女性の立場」をうたう独特の感受性

これだけであれば、ほかの万葉歌人の感受性とさほど変わらないといえます。ところが「日本挽歌」のひとつ前、「亡妻悲傷」歌（巻五・七九三）に付された文章（わたしは「悼亡《とうぼう》

文《ぶん》」とよんでいます）にはこんな一節があるのです。この「悼亡文」をだれが書いたのか、筆者の名はありませんが、文体からして憶良だと見てまちがいありません。

紅顔は三従《じゅう》と長《とこしへ》に逝《ゆ》き、素質は四徳と永《とこしへ》に滅ぶ。

「紅顔」というのは女性の美しい顔。それは「三従」とともに永遠に去っていく。ここがひとつのポイントです。「三従」、つまり三つのものに従うのが女性だというのです。ひとつは親、二番目が夫、三番目が子どもです。いいかえると、憶良は妻の死をそうした婦徳の喪失と捉えています。

次の「素質」の「素」は白、「質」は地ですから、白い肌。それも「四徳」とともに永遠に滅んでしまう。「四徳」すなわち婦人としての四つの心得は何かというと、貞淑で従順な「婦徳」、でしゃばりすぎない「婦言」、婉娩《えんべん》としてたおやかな「婦容」、織物が上手でなければいけないという「婦功」。この四つです。妻の死とは、女性としてのそうした四つの徳の喪失を意味するというのです。

ですから、妻の死とは何かと聞かれたら、憶良は「三従と四徳の喪失です」と答えるにちがいありません。こんな言い方は和歌にはまったく見られません。『万葉集』のなかで

もここだけ。例外中の例外です。そして――、

何そ図《はか》らむ、偕老《かいらう》の要期《えうご》に違《たが》ひ、独飛《どくひ》して半路に生きむことを。蘭室《らんしつ》の屏風徒《いたづ》らに張りて、腸を断つ哀《かな》しび弥《いよよ》痛く、枕頭の明鏡空しく懸《かか》りて、染筠《せんゐん》の涙逾《いよよ》落つ。泉門一たび掩《おほ》はれて、再《また》見るに由無し。嗚呼《ああ》哀しきかも。

ともに老いるという約束にそむき、人生の半ばに妻が亡くなるなんて、どうしてそんなことを思ったことがあるだろうかというのですから、これは人生の話です。

次にまた妻の死に戻って、「蘭室の屏風」「枕頭の明鏡」ということばがでてきます。前者は、香り高い部屋に立っている屏風《びょうぶ》。それが空しく張っているのは女主人を失ったからです。枕元に置かれた明るい鏡もまた女性特有のものですが、それもまた空しい。ここからわかることは、「三従」と「四徳」の喪失、そして蘭と鏡に象徴されるような女性のあり方、それを失うのが妻の死だと考えていたことです。

さすが憶良、という感じがあります。なぜ「さすが」かといいますと、きわめて具体的な表現をしているからです。『万葉集』の挽歌の九割がたは永訣《えいけつ》（永遠の別れ）にウェイトがあります。いわば、死んでしまったこと自体を悲しんでいる。それを要約すると「手

枕」と「語らいの関係」の喪失ということになりますが、漢籍に精通していた憶良はそこにさらに「女性の立場」をプラスして、そうしたすべてを失うことが妻の死である、といいました。

そんなふうに具体的に表現すれば、妻の死はますます重みをもってきます。そして、愛することが深ければ深いほど悲しみは大きくなってくるのです。

「銀《しろかね》も金《くがね》も玉も何せむに」——子への愛

二番目は、子どもにたいする愛です。

子どもへの愛に関しては、「子らを思《しの》へる歌一首幷《あは》せて序」（巻五・八〇二～八〇三）を手がかりに考えましょう。

この歌には題詞が付いていて——お釈迦さまも「人びとを平等に思いやることは羅睺羅《らごら》を愛するようなものだ」とおっしゃる。「羅睺羅」というのはお釈迦さまの子どもです。大聖人ですらわが子を愛する煩悩があるのだから、世間の凡人たちがどうして自分の子どもを愛さないことがあろうか、といっています。

ということは、手放しで子どもを愛そうというわけではありません。子を愛するのは一種の煩悩であるから、仏教的にいえばその愛を否定しなければならないという思いがどこかにあるのです。

瓜《うり》食《は》めば　子ども思ほゆ　栗食めば　まして思《しの》はゆ　何処《いづく》より　来《きた》りしものそ　眼交《まなかひ》に　もとな懸《かか》りて　安眠《やすい》し寝《な》さぬ　（巻五・八〇二）

いったい子どもはどういう因縁《いんねん》で生まれたものだろう。子どもを愛するとその姿が目の前にちらついて安眠できない、といっています。子どもを愛することは自分に苦しみを与えることでもあるといっているのです。そういえば、先ほどの「羅睺羅」というのは「束縛するもの」という意味ですから、やはり愛は喜びだけもたらすものではないことが知られます。したがって――、

銀《しろかね》も金《くがね》も玉も何せむに勝《まさ》れる宝子に及《し》かめやも　（巻五・八〇三）

いかに素晴らしい宝も子どもには及ばない、といっていますけれど、これも単純に子どもを礼讃《らいさん》しているのではありません。深い苦悩をへたうえで、こうした結論に立ちいたったのだと知るべきです。

この「子らを思へる歌」も、憶良の具体的な経験の報告ではなく一般論としてうたったものです。この歌をつくったとき憶良は六十九歳でしたから、「瓜や栗を食べさせる子どもがいるなんておかしいじゃないか」といういわれ方をすることがありますが、子ども一般をうたった歌、と解せば何も問題はありません。

子のことばを直接用いた歌

さて、そのように子どもという宝をもつと、妻の場合同様その子を亡くす悲しみにあうことも起こります。その悲劇をうたったのが「男子《をのこ》の、名は古日《ふるひ》に恋ひたる歌三首」（巻五・九〇四〜九〇六）ですが、このなかには、憶良が幼い子どもをどんなふうに見ていたか、がでてきます。

この歌も最晩年の作品ですから、七十四歳で亡くなった憶良に「こんな幼子がいたなんておかしい。これは孫ではないか」という意見がありますが、これもフィクションとして子どもをうたった作品だとお考えください。

憶良というと、大正時代の私小説作家のようなイメージがあるのではないでしょうか。私小説作家といえば、生活が苦しくて毎日酒をあおっているとか、近松秋江《ちかまつしゅうこう》のように「別れたる妻に送る手紙」などという私小説を書きそうな印象がありますが、じつはそうではない。ずいぶん虚構の作品をつくっているのです。「古日の歌」もそうしたフィクションのうちのひとつです。
古日という名前から察するに、田舎の男の子だと思います。当時の文献を調べますと「〜日」といった名前は都の子どもにはつけない。田舎に見られた古風な名前です。したがってこれは憶良が筑前守として九州に赴任していたとき知った子どもの名前だろうと思われます。そこで「古日」という子どもを主人公にして歌をつくった。
九〇四番の長歌「古日の歌」のうたいはじめは、こうです。

世の人の　貴《たふと》び願ふ　七種《ななくさ》の　宝もわれは　何為《なにせ》むに　わが中《なか》の　生れ出でたる
白玉の　わが子古日は　……

「銀も金も玉も何せむに」とおなじく、世間の人がほしいと願う七種類の宝も、白玉のようなわが子・古日にくらべれば何ものでもない、といっています。そして、わが子がどんなふうにかわいいのか、具体的に描写しています。

明星《あかほし》の　明《あ》くる朝《あした》は　敷栲《しきたへ》の　床《とこ》の辺《へ》去らず　立てれども　居《を》れども　共に戯《たはぶ》れ

夕星《ゆふつつ》の　夕《ゆふへ》になれば　いざ寝よと　手を携《たづさ》はり　父母も　上《うへ》は勿放《なさが》り　三枝《さきくさ》の　中にを寝むと　愛《うつく》しく　其《し》が語らへば　……

親の寝ているところへ寄ってきて馬乗りになって、「はやくおきてよ」とか、そんなことをいう。そこで親が立ちあがるといっしょに立つし、すわると今度はちょこんとすわる。夕方になると、「さあねようよ」といって手を引っ張って「川の字」になって寝る。

ここにでてくる「いざ寝よ」ということばは語りです。いまの用語でいえば、憶良はここで直接話法を駆使している。直接話法は近代の表現法ですから、こうした技法を使った古典はあまり見かけません。しかし、こうした語りをポンと歌のなかに入れるときわめて高い効果がでるのです。

次の「父母も　上は勿放り　三枝の　中にを寝む」も、「ぼくのそばをはなれちゃいやだよ。ぼく、パパとママのあいだでねたいよ」と訳せますから、カギカッコでくくれる。子どもの姿をほんとうによく活写していると思います。

そういう子を見て、親がどう思うかというと――、

何時《いつ》しかも　人と成り出《い》でて　悪《あ》しけくも　よけくも見むと　大船《おほぶね》の　思ひ憑《たの》むに

……
一日も早く大きくなってほしい。良くも悪くも、成長した姿を見たいものだと、大きな船に乗ったように頼みに思っている、と書いています。このあたりもいまと変わらない親心だと思います。優秀な子、いい子に育ってほしいと願うのは当然であるけれど、しかしそれは贅沢《ぜいたく》だから、とにかく無事に成長してくれればいい。そう願う。いまも変わらない心理であり真理だと思います。

親の思いはつねに裏切られる——子の死

しかし、子どもも順風満帆、平穏無事に育つわけではない。古日はある日、重い病気になってしまう。

思はぬに　横風《よこしまかぜ》の　にふぶかに　覆《おほ》ひ来《き》ぬれば　為《せ》む術《すべ》の　方便《たどき》を知らに　白栲《しろたへ》の
手襁《たすき》を掛け　まそ鏡　手に取り持ちて　天《あま》つ神　仰ぎ乞ひ祈《の》み　地《くに》つ神　伏して額《ぬか》づ
き　かからずも　かかりも　神のまにまにと　立ちあざり　われ乞ひ祈《の》めど　須臾《しましく》も
快《よ》けくは無しに　漸漸《やくやく》に　容貌《かたち》くづほり　朝《あさ》な朝な　言ふこと止《や》み　たまきはる　命

絶えぬれ　……

予期せぬ邪悪な風がにわかに襲ってきた。どうしていいかわからずに親はもう祈るしかない。これもいまとおなじです。ただウロウロするばかりだ。そこで、たすきをかけ、鏡を手にして神さまにお祈りをしたといいます。

本来、たすきが神祀《まつ》りのいでたちであったことがわかります。これは×の形にかけるたすきではありません。選挙のとき立候補者がかけるように、左の肩から右のほうへ垂らしてかける。そうして天の神にむかっては仰いで、地の神にたいしては伏して、祈る。「かからずも　かかりも　神のまにまにと」とあるのは、神さまのおぼしめしのままに、ということです。「立ちあざり」の「あざる」というのは足もとが乱れること。つまり、取り乱した状態でお願いをしたけれども、快方にむかってくれない。それどころか、しだいに「容貌《かたち》くづほり」、そして生きいきした姿を失い、ことばも少なくなって、ついに命が絶えてしまう。

憶良の特徴は枕詞をほとんど使わないところにあります。枕詞を使うとどうしても情緒的になりますので、論理を信じている憶良は嫌ったのでしょう。逆に、枕詞を多用したのが人麿です。人麿と憶良のちがいは、枕詞を多く使うか否かにあるといっても過言ではありません。ところがこの歌では――だんだん生きた姿を失っていく、ことばが少なくなっていくというひじょうに残酷な現実を描いているとき、そこへポンと、「たまきはる　命絶えぬれ」と、枕詞を投げ入れる。それによって残酷な現実がきわだつ、という効果が見られます。

表現上の技法のほかに気づくのは、憶良が親と子の関係をどう見ていたかという問題です。かれのうたい方に注意すると、親はつねに子どもの状態を理由にして行動していることがわかります。

どういう意味かというと、「古日の歌」は親の描写と子どもの描写が交互にでてくるのが特徴です。子どもについて書いた文章を仮に「A」とすると、次に親についての文章「B」がきて、ABABAB……となっています。しかも、A→B→A→B……とつなげていく接続助詞は、子どもから親に移るときは順接、親から子どもに移るときは逆接になっています。長歌の流れをたどって説明すると――子どもが生まれた「ので」、親は期待した。親は期待した「のに」、子どもは病気になってしまった。子どもが病気になった「ので」、親は祈願した。それな「のに」、子どもは死んでしまった、という構造になっています。

こうしたコンストラクション（構成）を発見したとき、わたしはほんとうにびっくりしました。みごとなくらい論理的で、親と子の様子が交響しあうように感じられたからです。これをいいかえると、親の行為はつねに子どもが原因になっているのに、親の行為や思いはつねに裏切られる。しかし、そうした親の気持ちこそ子を宝と思う愛の姿であると、憶良は考えていたのではないでしょうか。

これに関連していえば、前にも引用した「老いたる身に病を重ね、年を経て辛苦《たしな》み、及《また》児等《こら》を思《しの》へる歌」（巻五・八九七）では——老いたうえに重病にかかっているので死にたいと思う。だが死ぬことができない。なぜかというと子どもがいるからだ、とうたっています。

ことことは　死《し》ななと思へど　五月《さ》蠅《ばへ》なす　騒《さわ》く児《こ》どもを　打棄《うつ》てては　死《しに》は知らず
見つつあれば　心は燃えぬ　かにかくに　思ひわづらひ　哭《ね》のみし泣かゆ

五月の蠅みたいにわいわい騒いでいる子どもを打ち棄てて死ぬことはできない。そんな子どもたちを見ていると、「心は燃えぬ」とあります。心がかーっと熱くなる、というのですから、すごい表現ではありませんか。この、心が燃えるという、そのこと自体が愛であり、同時に悲しみであり、胸が熱くなるようなそんな思いをもたらす恩愛の絆《きずな》が人間の業《ごう》であると思います。

大事な子を失う「世の中の理《ことわり》」

「古日の歌」のポイントは、やはり「形」が関係してくることです。その部分をもう一度、よんでみましょう。

漸漸《やくやく》に　容貌《かたち》くづほり　朝《あさ》な朝な　言ふこと止《や》み　たまきはる　命絶えぬれ　……

ここにある「容貌くづほり」というのは「形」に関した表現です。憶良という人は、先の「共寝の手枕」といい、「妻屋」といい、形に注目して、その変化によってひとつのドラマを現出させようとします。

どうかよくなってほしいと、祈ったり願ったりしたのに、古日はしだいに元気がなくなってしまう。そのとき、「漸漸《やくやく》に　容貌《かたち》くづほり」と書いています。しだいに形がくずれていった、と。「日本挽歌」にあった「家ならば　形はあらむを」とおなじです。形がくずれたというのは、生きいきした姿を失ったという意味です。

元気だったときは「さあ寝ようよ」といって手を引っ張り（「いざ寝よと　手を携《たづさ》はり」）、

「そばを離れちゃ嫌だよ。ぼく、パパとママのあいだでねたい」（「父母も　上は勿放《なさが》り　三《さき》枝《くさ》の　中にを寝むと」）といっていたのですが、そういう形がくずれていくというのですから、ものすごくリアルです。

次の「朝な朝な」という表現が哀切です。当時の夜は真っ暗です。だから病人の容態がどうであるか、はっきりわからない。そこで、夜が明けると真っ先に、朝の光をたよりに顔色をうかがう。そこには、きょうこそよくなっているのではないか、快方にむかっているのではないか、という期待があります。ところが、ひと朝ひと朝、口数が少なくなっていく。この単純な、たった六音の「朝な朝な」ということばが、夜のあいだの不安と朝にかける期待、そしてじっさいに目にする絶望を表現しています。これはまさに「ことばの技」です。

「たまきはる」ということばもすぐれています。愛する子の命がなくなったとき、ポンと、「たまきはる」という。前にも指摘しましたが、憶良はほとんど枕詞を使いません。かれは論理の人ですから修飾のことばは少ないのです。ところが愛する子どもが死んだとき、「たまきはる」とうたう。「霊魂は無限だ」ということばを死んだときに使うと、効果絶大です。

また、「命絶えぬれ」ともいっています。これは已然形です。しかも、下に「ば」という助詞がついていませんから、言い放つ形。已然形で言い放った。あとはなにもいらない。印象的です。

そして親はどうするかというと、

立ち踊り　足摩《す》り叫び　伏し仰ぎ　胸うち嘆き　手に持てる　吾《あ》が児飛ばしつ　世間《よのなか》の道

立ち上がり躍り上がって、足をすって叫んで仰ぐ。また、うつむいたり胸を打って嘆いたり……。親の絶望の状態をよくよみこんでいます。ここにでてくる「手に持てる　吾が児」というのは「掌中の玉」の翻訳だろうといわれています。それほど大事にしていたものも亡くなってしまう。それが世の中の理《ことわり》だ、といっています。

こう見てきますと、「古日の歌」はたいへんいい作品です。

子を失う悲しみは次のように集約できると思います。

（一）親の期待が裏切られる悲しみ。

（二）幼い生命の断絶。

このふたつが子を失う悲しみであり、この作品の中心をなす思いだと思います。

「飯盛《いひも》りて」待ちつづける妻――夫への愛

　最後は夫への愛ですが、これについては巻十六の三八六〇番以降に「筑前国《つくしのみちのくちのくに》の志《し》賀《か》の白水郎《あま》の歌十首」（巻十六・三八六〇～三八六九）を見てみましょう。

　第五章「ノンキャリア公僕の悲しみ」で説明しましたように、「対馬に食糧を届ける役目を代わってくれないか」といわれた荒雄という人がそれを引きうけ、遭難してしまったという逸話にもとづく歌です。自分が命令されたわけではないのに、侠気《おとこぎ》というか、男の見栄のようなものから船出して行った荒雄の行為を憶良が「情進《さかしら》」（巻十六・三八六〇）と表現したのは前述のとおりですが、かれが残された妻子の恨みがましい思いを的確に見抜いて、荒雄の行為は男の「さかしら」なのだと表現したとしたら、かなり作家的素質があった人だと思います。

　では、夫の「さかしら」を恨んだ妻は、「もう勝手にしなさい」と思っているかというとそうではない。

　荒雄らを来《こ》むか来《こ》じかと飯盛《いひも》りて門に出で立ち待てど来《き》まさず　（巻十六・三八六一）

志賀の山いたくな伐《き》りそ荒雄らがよすかの山と見つつ偲はむ　（同・三八六二）

三八六一番の歌。もう帰ってこないのがわかっているのに、ご飯をよそって夫の帰りを待つ。「飯盛る」というのが妻の絶対条件であり誇りでした。それが妻だという認定がここにあります。

三八六二番の歌にある「よすか」は「よすが」です。志賀の山をたよりに亡き夫をしのぶ、という深い思いがあります。

ふたつ飛んで、三八六五番。

荒雄らは妻子《めこ》の産業《なり》をば思はずろ年の八歳《やとせ》を待てど来《き》まさず

夫は、あとに残される妻子のたつきを考えないで死んでしまった。これを逆にいえば、男は本来、妻子の生活を守るものだという考え方があります。それなのに夫は「八歳を待てど来まさず」。「八歳」は八年ではなく、長い年月という意味です。長いあいだ待っているけど帰ってこない。深い悲しみがあります。

夫にたいする妻の愛は――、

（一）夫の行動を「さかしら」と恨みがましく思いながらも棄てきれない愛。

（二）陰膳《かげぜん》を据える妻は夫の死を引きうけていない。そのように長い年月待ちつづける愛。
（三）夫の死は妻子を路頭に迷わせることになるので、本来的にいえばそれは困るという夫にたいする信頼の愛。
このように要約できると思います。

「士《をのこ》」として歩んだ生涯――みずからの死

憶良は、「妻への愛とは何か」「子への愛とは何か」「夫にたいする愛とは何か」ということをかなり雄弁に語っています。同時に、そうしたものへの愛も、つねに死によって悲しみにかえられてしまうという運命観もうかがえます。

憶良は生涯にわたって三つの死の悲しみをうたっています。

妻の死の悲しみ、幼子《おさなご》の死の悲しみ、このふたつを先立つ経験として最後に迎える、みずからの死です。

憶良の最後の歌とされているのが、「山上臣憶良の痾《やまひ》に沈みし時の歌一首」（巻六・九七八）です。ただし、重い病にかかったときの歌というのですから、いわゆる辞世の歌ではありません。歌は次のとおりです。

士《をのこ》やも空しくあるべき万代《よろづよ》に語り続《つ》くべき名は立てずして

左注にはこの歌をつくったときの事情が記されています。

憶良は重病にかかっていました。そのとき藤原八束《やつか》がお見舞いの人を差し向けた。使者は河辺東人《かわべのあずまひと》。その東人にむかって憶良は歌をよんだ。「須《しまらく》ありて涕《なみた》を拭《のご》ひ、悲しび嘆きてこの歌を口吟《うた》へり」とありますから、しばしの沈黙の後、紙に書いたのではなく、涙ながらに口ずさんだのです。

あらためて歌の中身を検討してみましょう。

まず、「士やも空しくあるべき」とあります。男子たるもの、空しくあっていいだろうか。もちろん、空しくあってはいけない。では、何をもって「空しい」というのか。その答えが次に書いてある「万代に語り続くべき名は立てずして」です。のちの代までも語り継がれるような名を立てないことが空しい、といっています。

そうよんだとき、憶良はいろんなことを思い浮かべたと思います。

まずかれは「士」という前提を立てています。憶良の理想的自画像が「士」です。

ご承知のように、万葉時代には理想的な男性像がありました。人麿などが生きた七世紀は「益荒男《ますらお》」です。ところが、わたしが「戦後の時代」と呼んだ八世紀にはいると、理想像が変わってくる。今度は「雅男《みやびお》」です。優雅な男、閑雅な男、風流の男、これがいいということになる。これは国家の創世期から文化の爛熟《らんじゆく》期へ向かっての変化と見ることができます。ですから、憶良が生きた天平時代は「雅男」であることが理想とされました。そのなかにあって憶良があいかわらず「士」を理想としたのは、やはりかれのなかに中国の官僚貴族（士大夫《したいふ》）をモデルと仰ぐ思想があったからだと思います。

じっさい、そうした「士」にむかっての道のりがかれの生涯でした。

本書冒頭で指摘したとおり、四十二歳のときに遣唐使の最末端の役目をもらって中国へ渡るまで、憶良には家柄もなければ位もありませんでした。それから職もなかった。いわば無位、無姓、無職。そんな境遇から官僚機構にもぐりこみ、じょじょに出世して最後は筑前守。いまでいう福岡県知事です。そして従五位下という殿上人にもなれた。

かれの一生は刻苦勉励の歳月でした。四十二歳から七十四歳で亡くなるまで、まさに努力、努力の日々だったといっていいでしょう。

「所与《しよよ》」ということばがあります。みずから求めたのではなくて、すでに与えられたもの、という意味です。そうした所与的な境遇のなかで憶良が見いだした命題が「士」だったのです。

そして一歩一歩、「士」にむかって歩んでいった憶良はいま、一応の目的を達成したかに見えます。しかし、それだけではまだ十分ではない。「万代に語り続くべき名」という、もうひとつの要素がなければいけないといいます。

あくなき生命力

憶良はなぜ「名」にこだわるのか——。

わたしは、どうもそういうところに憶良のあまり日本的ではない考え方があるように思います。憶良のいう「名」が、かならずしも中国における「名誉」すなわち「栄達」と重なるとはいえませんけれども、しかし、「士」として「名」を立てるという憶良の思いはいささか日本人ばなれしているように見えます。じっさい、『万葉集』にも「名に負ふ」とか「名をつぎゆく」といった表現がないわけではありませんが、そうした「名」は氏《うじ》の名であって、個人の名ではありません。ところが憶良は、個人の名声をさし、しかもそれを「立つ」べきものとしています。これは『万葉集』中、他に類例を見ない思想です。

かれの考え方の基本には、理念化された人生観といったようなものがうかがえます。ただ出世すればいいとか、豊かに生きられたらいいとか、あるいは楽しければいいというのではなく、つねに「かくあるべし」という思いがつきまとっていたように思います。「べし」ですから、英語でいうと「ハフ・トゥー」とか「マスト」。そうした観念が終始つきまとっていたといえます。

げんに、先ほどの歌をよくよんでみてください。「士《をのこ》やも空しくあるべき万代《よろづよ》に語り続《つ》くべき名は立てずして」という具合に、「べし」ということばが二度も使われています。「かくあらねばならない」という思いがひじょうに強かったことは一目瞭然です。最後の歌に「べし」ということばがふたつも使われていることはいかにも象徴的です。

しかも、「士やも空しくあるべき」とうたいだしています。――「士」が空しくあっていいのか。いや、いけない。生涯最後の結論が反語であるのも、いかにも「相克と迷妄」をくりかえした憶良にふさわしいように思えます。

憶良がみずからの真実を尽くして生きてきたことはたしかです。七十歳になっても、七十四歳になっても、努力して生きた。そうして生きる目標が名を立てることでしたが、「悲しび嘆きて、この歌を口吟《うた》へり」とあるように、ついに名を立てることはできなかったと感じていたようです。それがかれの最後の絶望であり嘆きでした。

しかし、かれの本領はあくなき生命力にあります。すでに見てきたように、かれほど生命への執着を示す万葉歌人はいません。しかもいま、衰えていくわが命を直視しながら、なおも「士やも空しくあるべき」とうたいつづけたのです。

悲しみゆえに輝く歌

そこでわたしが思い浮かべるのは、夏目漱石の死です。漱石はどのように亡くなったのか。死に立ち会った人によって証言がちがうため、二、三の異説があります。ある人によると、寝間着の胸をはだけて「ああ、死にたくない」といったといいます。別の人は「水をかけてくれ、水を」といって亡くなったという。「やり残したことがあるから、いま死ぬのは困る」といった等々、いろいろいわれております。一方、つねに漱石とくらべられる森鷗外は遺書に「余ハ石見人《いわみのひと》森林太郎トシテ死セント欲ス」と書き残して従容《しょうよう》として死についたといわれています。そこで、漱石は晩年「則天去私」などといいながら死に方はぶざまだったといわれることもあるのですが、憶良の死もちょっとそれに似ています。

ふたりの死をどのように批評するか、それは自由ですが、よいとか悪いとかといって済ますのは本質的ではないように思います。というのもわたしは、憶良や漱石の死に「人間的な、あまりに人間的な」という感想をもつからです。

鎌倉時代後期に『一言芳談《いちごんほうだん》』という本が編まれています。だれだれはどのようにして死んだか、という話が何篇も短い文章でつづられています。たとえば——第二章には、俊《しゅん》乗上人《じょうしょうにん》が高野《こうや》の奥院《おくのいん》で七日の参籠《さんろう》を行ったとき「結願《けちぐはん》の夜、深更におよびてよろづ寂寞《じゃくまく》たりける時、入定《にゅうぢゃう》の御殿の中に、ただ一こゑ念仏の御声さだかにしたまひけり」

とあります。深山の夜更けに念仏の声がただひと声、人びとの耳を打った。それを聞いた人びとは「悲喜《ひき》身にあまり、感涙たもとをしぼりけるとぞ」。身の凍《こお》るように厳粛な一瞬であったことはまちがいありません。

そうした高僧の死とくらべた場合、死を迎えた憶良の最後の歌が、空しさへのなげき、名声を立てられなかったことへの絶望だったとすると、ちょっとすわりが悪いような気もします。けれども、最後の最後まで大きな悲しみ、巨《おお》きな苦悩をかかえていたからこそ憶良の歌は輝いているのです。

またそこに、人間としての尊厳も光って見えます。

おわりに

この書物にはいささか長い歴史がある。

話は平成十四年六月二十七日付の、光文社草薙麻友子さんからの手紙に始まる。山上憶良について一冊の書物を書いてほしいという依頼であった。

その後、古谷俊勝さんとお会いし、相談の結果、書物の筋をきめた。決定案を記した氏の手紙は翌十五年六月二十三日付であった。

そこでわたしは手始めに平成十六・十七年の二年間、憶良の講義をした。その折のテープを、話を聞いてくれた加藤進、中井興一、森田治氏らから借り、草薙さんが元締めとなって原稿を起こしてくれた。

ところがこの原稿をどうコンパクトにすればよいか、またまた試行錯誤がつづき、結局平成二十年になって檀將治氏の強力な推進の結果、やっと適切な原稿ができた。そして今日、二十一年の六月にわたしの手入れもおわった。

当初からちょうど七年かかったことになる。

胎内にやどること七年とは、中国の老子など、聖人まがいの長さだが、それなりにわたしはこの内容に自負をもっている。憶良のわがいのちへの愛惜は人一倍で、その普遍性は現代にまで通底する。それを多少は示しえたのではないかと思う次第である。

人生に苦悩し、人生と格闘する憶良を読者諸子に十分味わって頂きたいと思う。

労をおとりいただいた諸氏に心から御礼申し上げる。

平成二十一年夏

著　者

山上憶良略年表

西暦	年号	年齢	事項	一般事項
六六〇	斉明六	一	憶良、百済に生まれる。父憶仁。	九月、百済使、百済滅亡を伝える。
六六一	七	二		一月、斉明天皇ら百済救済のため西征。 七月、斉明天皇亡くなる。
六六二	天智元	三		五月、阿曇比羅夫ら百済に向かう。
六六三	二	四	百済滅び、父憶仁と日本に渡る。	八月、白村江の戦、日本大敗北。 この年、百済人四〇〇余人、近江国に入植。
六六四	三	五		この年、対馬・壱岐・筑紫などに防人を置く。
六六六	五	七		この年、百済人二〇〇〇余人、東国に入植。
六六七	六	八	近江大津宮に移り住むか（遷都により）。	三月、近江大津宮に遷都。
六六八	七	九		一月、天智天皇即位。

六六九	八	一〇		この年、百済人七〇〇余人、近江蒲生郡に入植。
六七一	一〇	一二		一二月、天智天皇亡くなる。
六七二	天武元	一三	飛鳥浄御原宮に移り住むか（遷都により）。	六月、壬申の乱起こる。 この年、飛鳥浄御原宮に遷都。
六七三	天武二	一四		二月、天武天皇即位。
六八三	天武一二	二四		この年、文武天皇生まれる。
六八四	天武一三	二五		この年、八色の姓がつくられる。
六八六	朱鳥元	二七	父憶仁亡くなる。	九月、天武天皇亡くなる。 一〇月、大津皇子の謀反。
六九〇	持統四	三一		一月、持統天皇即位。
六九七	文武元	三八		八月、文武天皇即位。
七〇一	大宝元	四二	遣唐少録となる。少初位上の官位を授けられる。	八月、大宝律令制定。 この年、聖武天皇生まれる。 この年、粟田真人遣唐執節使となる。
七〇二	二	四三	粟田真人、高橋笠間らと遣唐使に加わり、渡唐する。	一二月、持統太上天皇亡くなる。
七〇四	慶雲元	四五		この年、粟田真人ら唐より帰国する。

西暦	年号	年齢	事項	一般事項
七〇七	慶雲四	四八	唐より、許勢朝臣祖父、鴨朝臣吉備麻呂、伊吉連古麻呂らと帰国する。従七位上となる。	六月、文武天皇亡くなる。七月、元明天皇即位。
七一〇	和銅三	五一	正六位下となる。	三月、平城京（奈良）に遷都。
七一四	七	五五	従五位下となる。	
七一五	霊亀元	五六		九月、元正天皇即位。
七一六	二	五七	伯耆守となり、伯耆（鳥取）へ下る。	
七一八	養老二	五九		この年、養老律令制定。
七二〇	四	六一	伯耆より帰京する。	五月、『日本書紀』成る。八月、藤原不比等亡くなる。
七二一	五	六二	佐為王ら一五人とともに東宮侍講となる。	
七二四	神亀元	六五		二月、聖武天皇即位。
七二五	二	六六	筑前守となり、大宰府（福岡）へ下る。	
七二七	四	六八	大伴旅人大宰帥となる。旅人の妻亡くなる。	この年、渤海使始まる。
七二九	天平元	七〇		二月、長屋王の変、長屋王自殺。

七三〇	二	七一	一月、旅人宅で梅花の宴開かれる。この年、旅人大納言となる。	四月、施薬院を置く。この年、防人を停止する。
七三一	三	七二	七月、旅人亡くなる（六七歳）。この年、「貧窮問答の歌」をつくる（あるいは翌年か）。	
七三二	四	七三	大宰府より帰京する。	
七三三	五	七四	憶良亡くなる。	

歌・詩索引（作者名のないものは山上憶良作）

あ

か

さ

中西進（なかにし・すすむ）

昭和四（一九二九）年生まれ。文化勲章受章。「万葉集」など古代文学の比較研究を主に、日本文化の研究・評論活動で知られ、日本学士院賞、読売文学賞、大佛次郎賞、菊池寛賞などを受賞。日本学術会議会員、日本比較文学会会長、東アジア比較文化国際会議会長、プリンストン大学客員教授、筑波大学教授、国際日本文化研究センター教授、大阪女子大学学長、京都市立芸術大学学長などを歴任。現在高志の国文学館長、一般社団法人日本学基金理事長ほか。著書に講談社文庫『万葉集』（全五巻）、『中西進 万葉論集』（全八巻）、『中西進著作集』（全三六巻）など多数。

悲《かな》しみは憶良《おくら》に聞《き》け

２００９年７月25日　初版１刷発行
２０１９年５月30日　２刷発行

著者　中西進《なかにしすすむ》
発行者　田邉浩司
発行所　株式会社 光文社
〒１１２-８０１１ 東京都文京区音羽1-16-6
電話 編集部 ０３（５３９５）８１７２ 書籍販売部 ０３（５３９５）８１１６
業務部 ０３（５３９５）８１２５
メール non@kobunsha.com
落丁本・乱丁本は業務部へご連絡くだされば、お取替えいたします。
組版　萩原印刷
印刷所　新藤慶昌堂
製本所　ナショナル製本

ISBN 978-4-334-97582-1 Printed in Japan